一亿诗人的摇篮

诗配照创作文集

谌胜蓝 郝晓光 主编

天津出版传媒集团

天津人民出版社

图书在版编目(CIP)数据

　　一亿诗人的摇篮：诗配照创作文集／谌胜蓝，郝晓
光主编. -- 天津：天津人民出版社，2018.4
　　ISBN 978-7-201-13101-6

　　Ⅰ.①一… Ⅱ.①谌… ②郝… Ⅲ.①诗集-中国-
当代②摄影集-中国-现代 Ⅳ.①I227②J421

　　中国版本图书馆 CIP 数据核字(2018)第 056838 号

一亿诗人的摇篮
YIYI SHIREN DE YAOLAN

出　　版	天津人民出版社
出 版 人	黄沛
地　　址	天津市和平区西康路 35 号康岳大厦
邮政编码	300051
邮购电话	(022)23332469
网　　址	http://www.tjrmcbs.com
电子信箱	tjrmcbs@126.com

策划编辑	王　康
责任编辑	郑　玥
特约编辑	王佳欢
封面设计	明轩文化 · 王烨

印　　刷	高教社(天津)印务有限公司
经　　销	新华书店
开　　本	787 毫米×1092 毫米　1/16
印　　张	17.5
插　　页	10
字　　数	140 千字
版次印次	2018 年 4 月第 1 版　2018 年 4 月第 1 次印刷
定　　价	89.00 元

晓光只做开拓性的事情,比如诗配照。

乍看诗配照,这些年来,很多人在玩,一些诗词机构和一些媒体也在关注,诗配照征文、赛事活动时有开展,其主题诸如忆故乡、贺新春等,不一而足。

在诗配照呈现出一派新时代的诗情画意时,晓光说,他的目标是要打造一亿诗人。

有人以为他在开玩笑,有人以为他不过信口一说而已。但是晓光一坚持就是六年,我知道,他还会坚持下去。

这显然不是一种简单的坚持,这种坚持的背后,有一种深广的缘由。比如参与度的问题。晓光的说法是一个亿,而我对"一个亿"的理解是指一个巨大的参与群体,这是不是夸下的海口呢?

手机有了照相功能,从此照相走入寻常百姓家,变得人人可为。对着照片赋诗,哪怕是打油诗,也便成了诗配照作品。虽良莠不齐,但总归是参与了,没有占用更多时间或者经济上的资源,很自然、很简单地参与了,这便是关键。这种参与度有多高,打开微信朋友圈,每天有多少诗配照作品印入眼帘,就可以想象。而且我相信,还有更多的诗配照存在作者电脑里、博客中和 QQ 空间,甚至朋友间的言辞附和中。

手机照相功能和互联网是诗配照的技术基础，中国人作诗的习惯与热情则是精神需求，二者合一，便是我说的参与度问题。

再比如提升的问题。晓光经常把诗配照与卡拉 OK 作比较。没有卡拉OK 的时候，很多人不知道自己也可以唱歌，有了卡拉 OK，中国的歌手一夜间增加了许多许多。这便意味着，更多的个人和群体参与到唱歌这种简单的文化活动中。当更多的人从事这种简单的文化活动，社会秩序一定是更稳定、更优良。同样，作为一种简单易行的文化活动，诗配照与卡拉 OK异曲同工。当一亿人写诗去了，这种国民综合素养的提升有多大，其为提升社会稳定度的作用就有多大。

这便是文化的力量。社会秩序的维护需要法律、军队和警察，同时也需要文化的浸染与教化。

说到这里，我不得不说晓光这个人。作为一个科学家，他做好自己的专业足矣，偏偏推广起诗配照，而且不遗余力、持之以恒地去做，这种"先天下之忧而忧"的赤子情怀可见一斑。我想，仅凭这一点，我也一定要支持晓光。

最后，我想说说传承的问题。

传承什么？一定是唐诗宋词的遗风。唐诗宋词之美，我无须赘述，我们的确很难再达到那个高度。但是时代的发展，让我们有了今天的诗配照。这本书中有一篇文章题为"寄个相机给李白"，那是因为，当年的李白没有相机。同样，今天的我们没有李白的诗才，但是我们有诗配照，绝好的诗配照作品，会不会让当年的李白眼睛为之一亮！在创新中传承，让古典文化焕发出时代的光华，诗配照功莫大焉。

关于诗配照，晓光归纳出了 36 性。从一开始，他便有着深入的思考和很高的认知。就是带着这些思考与认知，他坚定地一路走来。

我祝愿并坚信，诗配照有更好的明天。

2017 年 1 月 7 日于北京

林 阳①

---

① 林阳，人民美术出版社总编辑，中国美术出版总社总编辑。

目 录
Contents

诗配照 32 首欣赏

品读

诗配照序

武 卫

丙申岁,仲秋之季,余谒同窗于武汉。即席之刻,尽邀高朋,互敬杯樽,各倾其好,幸识郝君,其亦嗜诗文。每于野外,偶摄佳影,性情豁达之时,吟诗作赋。吾闻其言,甚悦,遂索微信之号,以作共勉。人曰:其志同者,天涯亦咫尺。他乡遇知己,乐乎哉!

翌日,吾即返深,其后,时见其诗于友圈,常信往来,论长道短。一日,郝君来信曰:书文以评其诗作之长短耳,何如? 吾悉之,初踌躇,不知何复。略思之,知己者,不以一文论高下,随笔而作之,是乃真性矣。遂复信,可也。

人常曰:人靠衣装,马需鞍。人之品行,需适衣而蔽其体,方显其质,良驹无鞍又岂能载英雄于千里外? 清水出芙蓉,无扇叶之衬,非有感人之纯洁。刘邦虽有天下之谋,非萧何、韩信、张良之协力,而不能拥天下也。是故,万物皆不能独立于世焉。独者,失其雅,少其神,污其美。

刘梦得曰:山不在高,有仙则名。水不在深,有龙则灵。山仙共处,水龙共生,乃梦得之意也。照配诗文,人知其意,更知其美,可相得而益彰。人曰:其画如诗,赞其画也,其诗如画,是谓赞其诗也。画者,今又可为照也,二者合一,不亦美乎!

郝君曰:照配以诗作,其目的有二,一曰:照易使人知,知照意;二曰:使众人皆爱诗,催人之诗情也。人曰:栖身于世者,不唯独苟且也,诗与远方乃人之所往矣。闻其言,知其志,郝君之心也。

襄 江

大河奔腾万里长，
浩浩荡荡过襄阳。
历史洪流谁执掌，
唯有隆中诸葛亮。

柴 房

卧薪尝胆数风流，
越剑柴房胜吴钩。
夫差香怜西施泪，
勾践姑苏上城楼。

诗配照记

陈 雷

一

诗者无他,感怀咏物者也。佳会以兴,独处以思,发千古之幽思,叙一己之情怀,皆可成诗。兴之所至,思之所及,相忘于诗心矣。太上无情乎?非也。长啸唤马,弯弓射月,俯仰天地间,已然是诗。然天若有情天亦老,南唐后主之叹,业已成烟;白石黍离之感,犹有余韵。蝶戏本无心,戏蝶却有意,不老非何?休问庄子梦蝶蝶梦庄。一蓑烟雨任平生,独钓江月;半丛菊香随他去,原是高洁。诗之魂也,不落言筌。嫩芽初起,落叶归秋,何处不诗禅?故诗者非诗,非诗则诗。不诗而诗,是诗也。

春思
纷纷寻花去
寂寥犹自闲
蝶语清风幽
涧鸣对月眠

春 思

纷纷寻花去，

寂寥犹自闲。

蝶语清风幽，

涧鸣对月眠。

枫

枫叶染红银杏黄，

肆意飞扬，

纵有彷徨，

怎又狠心舞轻狂。

二

　　诗者何处归？诗配照也。诗配照者，今之人发微也。发微者谁？环顾周匝，别无他者，昂然独出者，郝君晓光者也。此君何人，敢为蒙启者先？君见竖版地图乎？此君杰作矣！于此中可端详，此君非为好事者也，实为引领出新之大才者也。其气魄之大，有贯长虹之势，誓将诗与现代光影之照钦点为阴阳一体，发扬光大诗配照体，开新古典诗韵之形美，贯注现代光影之诗思。其志不可谓不大。然则其诗配照之"配"，有乔太守乱点鸳鸯谱之嫌否？非也，大谬矣。试看郝君之诗配照，诗寄居于照可为诗照之魂也；照形显于诗可为照诗之势也。合而为一,暗通今人诗意栖居之款曲,发微古人筑诗而居之幽思。其趣不可谓不高雅。

落日红

沧海无言,
莽然群山耸。
花颜慵,
绿正浓,
落日红,
翩蝶戏野蜂。

暮山溪

不叹春华,

只恨时光推。

吟一曲，

却无人陪。

因未了，

湖心翠，

催动轻舟归。

三

　　相识沧海于偶因已是缘，相知郝君于机缘更是福，缘福于彼此已成天意。道法自然，天道不欺也。纵有为文不达意，何怕？文亦自然矣！文意达彼，为文者心境也，流淌者心绪也。即或有千千思，般般想，亦遐思飞扬于诗配照，定格于刹那间，更勿论放纵美韵于竹林雨后矣。诗情画意，何其畅也。幸有诗配照，郝君之佳作，佐吾美目，闲暇之余把玩之，快意人生矣！不吝言辞，文成，是为记。

秋

秋风无意春丝长，

似乎好像，

省却思量，

到处惹得菊心慌。

燕呼鹏

洞箫弄，

长吟共，

豪气冲，

行走诗情中。

碧云空，

扶摇风，

燕呼鹏，

笑谈李广弓。

诗配照的哲理内涵

聂海杰

一年前,郝晓光老师说要通过"诗配照"培养一亿诗人。大家听完,没有几个当真,都觉得是在开玩笑。但短短一年的时间,"诗配照"已然广泛地传播开来。它不仅吸引了不少专业诗人和知名摄影师,而且在现实和网络中得到了不少人的认可和接受,甚至制作了同一风格的台历。真是一时风头无两!大有成为广大人民群众喜闻乐见的艺术形式的趋势。"诗配照"何以有如此大的吸引力和影响力?除了郝晓光老师的积极推广和诸多喜爱这种艺术的人们的用心耕耘,我想一定还有其他原因。一个较为重要的因素就是这种艺术创作的独有形式规定,即诗歌与摄影这两种实践活动的结合方式。因此,"诗配照"蕴含着独有的理论逻辑。概而言之,感性与理性的浪漫表达、理想与现实的别样结合,以及真理与价值的有机统一,这些不仅是蕴含在"诗配照"之中的哲理内涵,而且是其旺盛生命力的学理支撑。

感性与理性的浪漫表达

春天的花,夏天的云,秋天的枫叶,冬天的白雪。四季循环,万物更替,自然界演化出一幕幕令人怦然心动的舞台剧。该当如何才能留住美好的瞬间,该当如何让瞬间化为永恒?古往今来,人们普遍诉诸诗歌。诗人们讴歌自然,抒发情怀,把美丽的风景变成了一首首脍炙人口的诗,镌刻在历史的记忆里。如王维的"大漠孤烟直,长河落日圆"。大漠、孤烟、长河、落日，勾勒出一幅奇特壮丽的塞外风光；又如岑参的"忽如一夜春风来，千树万树梨花开"，以神来之笔将雪景绽放；再如毛泽东的"待到山花烂漫时，她在丛中笑"，一改陆游"零落成泥碾作尘，只有香如故"的悲凉，既展现了梅花的傲骨香色，又点出了它魂归自然奉献万物的高尚。

"诗配照"既继承了传统诗歌的特点，又赋予其新的内涵。它将感性和理性这两种情感表达方式很好地结合起来。图像、别致多样的景致是其感性的表达方式。借助于这种感性的直观，一幕幕自然景色、社会景观映入人们的眼帘。薄暮轻纱的"梁子湖"，徽门徽窗的"清韵楼"，"绿肥红瘦"的荷花，以及"龟峰山上红杜鹃"的"四月天"，"一枝红杏天外插"的"春意"，等等。除了这些美丽的和动人的自然景色，"诗配照"还将社会景观作为素材。温哥华、巫河大桥、北斗、柴房，等等。"诗配照"的突出特点不是向我们直观地展现这些图片，而是以诗歌的形式赋予其理性的内涵。如"阴影还在寻归宿，阳光却已照轮回"（《阴阳石》），展现了一种积极的生命观；又如"山高水险诚心在，身心两误已忘我"（《朝佛》），展现了一种不同于迷信的信念或信仰；再如"卧薪尝胆数风流，越剑柴房胜吴钩"（《柴房》），展现了一种积极乐观的人生观。等等。"诗配照"立足于对图像的感性直观，却又没有停留于对景色或景观的直接描绘，反而是将感性直观提升到了理性认识的层面。这就形成了感性与理性交相辉映的浪漫景致，既向我们展现了大自然和社会的瑰丽多姿，又道出了诗人的"多愁善感"。

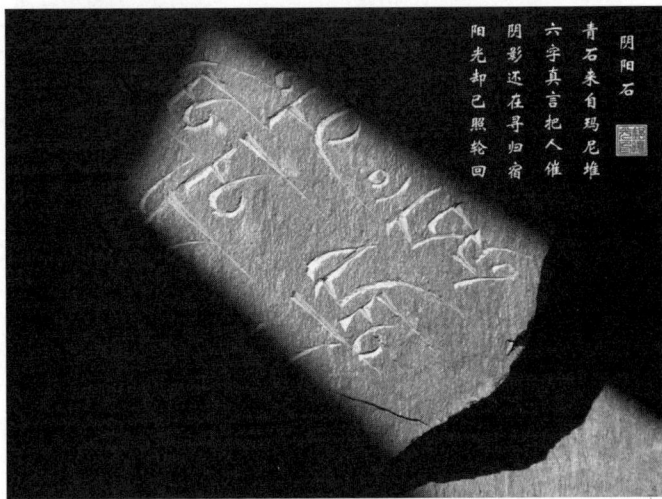

阴阳石
青石来自玛尼堆
六字真言把人催
阴影还在寻归宿
阳光却已照轮回

理想与现实的别样结合

理想和现实充满矛盾。现实是经验的,带有当下性;理想是超验的,带有超越性。"诗配照"既向我们展现了理想与现实的对立,又很好地通过"诗"与"景"的交融将二者结合起来。

这种结合首先直接地表现为诗词与图像的交相辉映,勾勒出一幅幅别样的"诗中有画,画中有诗"的景象。以上述我们提到的那些自然景色和社会景观为例,设若我们仅仅将它们做成照片,它们也就仅仅是一张图像而已。你会觉得它很美,你会觉得它很壮丽,但你又说不出它究竟美在哪里;你会觉得它很普通,你会觉得它很一般,但你又隐约觉得这种一般和普通之中透着独特的意蕴,至于它究竟是什么,你同样说不出来。"诗配照"解决了这个问题。它不仅向我们展现了图像的内涵,而且通过诗句进一步将这种独特意蕴释放出来。

大阅兵

密苏里上日首跪

天安门旁大阅兵

"红旗9"前无安倍

"东风5"后有普京

这种结合还深层地表现为人与自然、人与社会的和谐统一。人本源于自然。自然界不仅是人生于斯长于斯的外部条件,深层的还是人们"无机的身体"。在今天,随着人们改造自然界的能力和水平的越发强大,自然界日益朝着合乎人的目的和需要的方向发展。人们凭借实践活动按照自己的价值追求去改造自然甚至再造自然,从而不断地将理想与现实的结合推向更高的境地。"诗配照"很好地将这种统一性表现了出来。它不仅展现了自然风光的秀丽,表达了诗人独特的审美观和人生情怀,而且将一些社会问题甚或时代问题图像化,并对之进行充满诗意的思考,侧面展现了诗人关注现实并志在改变现实的理想情怀!

真理与价值的有机统一

人们对事物本质的追问自来就带有或隐或现的目的诉求。真、善、美是三者一致、三者统一的关系。真就是善,善就是美;真中有善美,善和美又以真为依托。真、善、美的这种内在的统一关系反映在哲学层面就是真理与价值的统一。"诗配照"极力将对真、善、美的追求作为自己的旨归,极力通过图像与诗歌之内容与形式的结合以达到真理与价值的统一。这种二重性的目的诉求在诸多作品中表现了出来。这里只以《藏南》这个作品为例进行说明。"压根儿没见最好,也省得情思萦绕,原来不熟也好,就不会这般神魂颠倒。"大家不要看这打油诗的格调,它确实是打油诗;然而这种打油诗不是油腔滑调,而是浸透着诗人对美丽藏南的钟爱,更浸透着诗人的豪情壮志——"收复藏南"。设若我们知晓诗人为了这桩事业多次自驾去藏南考察,并且开创性地在中国地图上补白了藏南地名,那么这首《藏南》就不是一般的打油诗,而是浸透着真、善、美的统一,闪烁着真理与价值的思想火花!

作品是有生命的,有穿越时空的生命力;"诗配照"亦如此。不知道多年后人们看到这种独特的艺术会做何感想,不知道这样的图像与诗歌的混搭会带给他们什么样的感官体验。然而我知道,定然十分美好!因为他们与"诗配照"相会的那一瞬间就是一幅别样的人与物的统一,这不就是一幅活生生的"诗配照"吗?

诗配照艺术的可名与可悦

郑 伟

　　文学与图像的关系在世界文明史上源远流长，在古老的中国文化中更具有独特意义。汉字乃象形文字，在与图像的结合上较之字母文字更具有天然之优势，为词图结合创造了基础。然而词图关系并非一贯和谐，二者甚至存在激烈的竞争。长期以来，文字拥有绝对的优势，但是在图像技术发达以后，文字已经从中心退到了边缘。图像具备了大规模复制和传播的可能之后，人们不由得惊呼"图像时代"已然到来，随之引发的是以文字为载体的文学受到了巨大冲击。在属于景观时代的后现代日常生活中，海量的图像信息极大挤压了人们的审美感知能力，乃是因为图像背后尚有一个看不见的手在拨弄着人们的日常行为，这个手就是文化资本。贪婪的资本裹挟着汹涌的图像侵入了个体的意识之中，诗意的栖居也就不复存在，人类彻底沦为了"单向度的人"。

　　图与词之间的关系既有竞争，也有融合。总的来说，在西方文化中，图与词之争无论是在古希腊文明中，还是在希伯来文化中都更倾向于竞争关系；而在中国文化中因为"书画同源"之说，则更近于图词交融。所谓书画同源即书画在早些时候曾经有一段"同体未分"的状态，这种"书画同源"说，显示出绘画与文字的耦合关系。中国历史上的文人画、题画诗、诗意画、扇面诗都说明，语图交融在我们的文化基因中发挥着不可替代的作用。

　　长期以来，文学在"崇文抑图"的大势之下占有绝对优先地位。这种情况在摄影、电影以及多媒体技术兴起之后发生了根本的变化。图像文化的泛滥已然挤压了文学的生存空间，使其边缘化，甚至可能导致文学的终结。不可否认语言的式微和图像的狂欢是不可逆转的事实，但如果据此认为一定会带来文学的危机则未免杞人忧天。文学与图像之关系并非只有竞争一途。图词之争其实并不可怕，但需警觉的是，如果任由图像的横行，势必导致人的思维平面化、快餐化、庸俗化。那么有没有一种艺术形式能够消弭二者的对抗从而实现融合，同时又能使人如春风化雨受到教化呢？答案就是郝晓光研究员创制的崭新艺术形式——诗配照。这种传播力惊人的艺术载体不但可以消弭图词之争，更为重要的是可以有效抵抗资本时代劣质图景对于人的宰制，真正实现图像成为道德教化的媒介，并协助文字完成宗教、思想、政治和社会教化的功能。

郝晓光研究员是测绘领域的专家，同时也是一位有着诗心侠胆的现代"徐霞客"。数十年来，他的足迹遍布北极之境、南海之滨、西藏之南，在长年累月的自然之旅和科学考察中，这位有着中国古代士大夫情怀与现代知识分子担当的大侠，自然而然地萌生了诗配照的艺术构思。郝晓光认为："'诗配照'的灵魂不是'诗'，也不是'照'，而是'配'，讲究'诗照合一'、追求'图文并茂、情景交融'，给广大诗词和摄影爱好者提供一种心灵、自然和社会的对话方式。"

让我们先以郝研究员的《挽狂澜》作品为例，体会这种艺术形式的独特魅力。诗云："赤手空拳情何堪，单枪匹马赴藏南。蚍蜉撼树谈何易，螳臂当车挽狂澜。"这首诗大气磅礴，不由得让我想起陆游、辛弃疾、文天祥等诗人的著名爱国诗篇，给人以酣畅淋漓之感，体现了学者诗人的家国情怀。更加令人关注的是，此诗作的背景图片呈现的是科考家诗人在向藏族

老乡虚心请教有关藏南的情况。气势如虹的诗歌再配上实地考察的照片，两者相得益彰。词与图的完美交融带给人的是一种全新的艺术体验。

诗配照不仅可以表现豪放情怀，在表达浪漫婉约之景的时候它也非常富有表现力。且看这首《清韵楼》。诗云："乡间小楼入梦来，徽门徽窗向南开。桌椅板凳堆往事，香茶美酒醉心怀。"此诗语言质朴，意向丰富，令人充满遐想，画面感极强。但是这幅图景具体是怎样的呢？读者诸君只需欣赏该诗所配照片即可，只见图像具象化地呈现了某徽州小镇一角，里面有茶楼，有里巷，有大红灯笼，还有桌椅板凳的造型。词与图浑然一体，两种符号互相阐释，诚如郝研究员所说："诗配照的真正魅力既不在'诗'，也不在'照'，其要津乃是'配'。"

那么为什么这一"配"就配出了一个柳暗花明的艺术新天地呢？直言之，诗配照表面看来是两种文化传播符号的嫁接，实际上背后隐藏着深刻的美学意义，这就要涉及艺术的可名与可悦问题。赵宪章认为："尽管图像也可以是一种独立的命名符号，可以像语言那样具有同样的权力，但是如果将其放在文以载道的历史语境中，由于它的虚指性，显然不能和语言命名相提并论，难以成就'文'一样的载道伟业。这就是中国儒家学派崇文抑画的口实。"故在中国古典文化中，图像一直被谓之雕虫小技，为人所不齿。再加上图像受限于印刷出版技术，不可能得到大规模传播，因此彼时在影响人的心智情感上发挥的功用有限。再者，加上语言带给人的情感影响时刻受到理性的制约，所以语言带给人的愉悦总体是可控的，正所谓

"乐而不淫,哀而不伤"。《说文解字》里将"悦"解释为"左心右兑,兑,说也",将心里的话说出来就是快乐,语言快乐就是"心之悦"。"图像愉悦就不同了,它的动能来自虚拟世界对于身体机能的虹吸,因而是一种'身之悦'。因此,图像的观看如果没有足够的理性定力,就有可能会导致身不由己,沉迷其中而不能自拔,就像柏拉图的洞中囚徒,被影像所困还信假为真,走出影像的囚禁还要重新返回。"(赵宪章语)图像因为其不可抗拒的冲击力对世态人心的冲击,从一开始就占据了人类认知理解偏好上的便宜。当下在技术上已经实现了图像无限复制传播的能力,不良图像带给普通民众的负面影响因此不时见诸报端。资本是逐利的,今日之图像传播俨然已经沦为娱乐资本的"利维坦",只见它不时地在网络空间、手机自媒体、电影院、电脑等空间兴风作浪,吞噬了多少人的精神。在我写作此文的时候,电脑小窗向我推送了一则"越南第一美女的信息",点开一看即是一位穿着暴露、搔首弄姿的女性身体图像。可见,不良图像的传播已经任由娱乐资本操弄,其对大众陷入异化之境应当负有不可推卸之责任。

在图像被资本控制,对社会造成诸多不良影响,并将文字边缘化的紧急关头。诗配照从不敌视图像技术,充满了辩证法的技巧。愉悦身心的"诗与照"的确有"成教化、助人伦、穷神变、测幽微"之功。"面对图像以其不可抵御的诱惑对世界的全面占有,随之而来的是语言符号被迫退居其次,语言成了图像的副号这一恐怖的未来"(赵宪章语),我们不能坐以待毙。郝研究员诗配照的口号是"一亿个诗人的摇篮",显示出这种老少皆宜的艺术形式强大的生命力。

诗配照不仅融合了诗歌与图像,而且满足了人们在接受艺术作品中的图之可名与文之可悦,从而带给人一种"养心"的审美感受。按照依伊瑟尔的说法,没有接受就没有传播,那些呈现在学术期刊的论文固然有意义,但诗配照更接地气,它是真正配得上我们诗歌大国地位的艺术形式。更重要的是,诗配照就是要战斗,要去传播,只有这样才能扫除后现代娱乐文化的阴霾,消弭一切不良的图像信息,还大众一个心清气朗的精神家园。或许,重现汉乐府时代民间诗歌盛况的时代即将到来,而那时在东方将真正出现一个有着诗心的民族,这样的民族才是真正有创造力和战斗力的民族。《周易》有言:"刚柔交错,天文也;文明以止,人文也。观乎天文以察时变,观乎人文以化成天下。"诗配照化人之功的意义诚在于此!

诗歌与摄影：各美其美　美美与共

赵志荣

　　最初给摄影图片配诗，是受当时的《湖北电力报》副刊编辑胡成瑶女士之邀，为副刊上的一幅荷花图配诗。当我接到王彦涛拍摄的《雨中荷花》这幅图片时，心里一阵悸动，瞬间就有了"我听见根在水下优雅地呼吸，雨丝抒写着花蕊的心思"，由此，一首《在雨中呼吸》配上摄影者的图片在报纸刊出。从那以后，我也把摄影图片配诗看作一种新的艺术形式，常常为之。

　　2013年9月，我和邹小民合作出版了摄影诗集《光影与诗情》，每一首诗都对应一幅摄影图片。如《带着光和亮行走》。

带着光和亮行走

从云雾里诞生，
站在土里水里，
或者就在岩石上生根。

景致就在身旁，寥落也在，
比流水从容，比白云淡定，
任根须和枝条延伸。

即使被冷落荒野，
也依然坚守。

每一次带去的光和亮，
都很直白。

　　实际上，常常写诗的我，一直都有一个情结，就是想用一种能够把握的艺术形式，表达自己对从事了一辈子的电力职业的热爱，尤其是对那些奋战在一线岗位的同行的敬意。摄影诗集《光影与诗情》中的《银线起舞》就是我将电力题材入诗的尝试，是影像与诗歌结合的尝试，也是我送给电力建设者的赞歌，图片的选择和诗歌的写作都体现了这一点。

　　又如诗配照《高空建筑师》。

高空建筑师

注定要在天水之间，
构建属于自己的高度。

注定要在铁塔上，
演绎奋发，
让版图镌刻你的生命。

攀缘时抓住每一颗爬钉，

不看流云，风也不能缠绕，
作业时专注是唯一表情，
脚法慎重，臂膀力道道劲，

彩虹在你的身上闪耀，
不需要张扬，
这里有预约，
是束缚，
是眼神的交会，
你听得见我，
我读得懂你。

高塔上的舞系着生命，
手中有千万灯火，
花朵等待家等待。

心融在蓝天里，
横贯纵伸的牵扯都依了你。

　　2014 年年底，《光影与诗情》获得"第九届湖北产（行）业文艺楚天奖"文学作品三等奖。2015 年 10 月，《银线起舞》在国家电网公司职工文学作品评选中获得诗歌类一等奖。这是诗歌的魅力，也是摄影的魅力。

　　我用摄影图片和诗歌的结合表达我对电力事业的情感。它们偶尔会刺痛我的心，因为我知道图片背后隐藏的一些故事，那些共过辛苦也一起快乐的人，那些彼此理解却又说不出来的感受，那些不用编织就丰富伤感的过往，有些人甚至因为这样的岗位而永远失去了生命……电力工人不分春夏秋冬，为了万家灯火昼夜忙碌，为了光明的事业辛苦奉献。但我不想颂扬拔高，我只想能够艺术地呈现。邹小民的图片和我的诗歌都在追求"艺术地呈现和表达"，就是"把电网光与影的构成作为审美对象，从电网构架的钢筋铁骨中发掘诗意，在宏大背景下，来诗化一个行业、一个群体的存在状态"。因为爱，因为积淀，更因为感动。

　　摄影是光影的艺术，诗歌是情感的艺术。为喜爱的摄影作品配诗，并不是试图去诠释,而是欣赏、感受和阐发思绪。光影定格一瞬间的美或丑,诗歌抒发欣赏时的激情和冷静下来的思考,如果二者相得益彰、珠联璧合,并能与其他欣赏者共情,那就达成了我内心的艺术共享的愿望。

再如《造月》。

造月

那是白昼的月,
各种飞翔逼近,
谁在深谷里宁静,
探寻日月同辉的时辰。

那是夜空的月,
雅格的天梯何在,
谁在攀缘中踟蹰,
摇动挂满桂树的风铃。

不,那不是月,
是建设者用臂膀托起的梦,
是白亮的心,
锻造节节上升的天空。

我想,照自己身边的景、写自己周围的事,有感而照、有情而写,记录生活、反映生活、表现生活,这就是我和邹小民对诗歌和摄影艺术不断追求的理念和动力。

当然,我对图片的理解可能与摄影者本人对图片的理解有一定偏差。但我觉得这并不影响读者对影像文字的阅读,仁者见仁、智者见智,艺术的感染力也许就在这里。

但是要达到图文韵味含蓄而不失之于寡淡、香气馥郁而后润、回味悠远而绵长的艺术境地,还需要我们不断探索和努力。

想用准确的诗歌影像来表达个人认知和情感,最好的办法就是自己摄影自己配文。我曾努力学习了一番,但结果是使用傻瓜相机都不是那么顺畅,对单反更是一头雾水。因此,我对摄影师心存敬佩。任何一种艺术表达形式都不是轻而易举的。

用一幅美丽的摄影图片和诗歌来结束我与大家的分享。

碎金子

太阳洒下的碎金子，
在春风里摇曳，
在母亲的怀抱闪光。

浸染着劳作双手的甘露，
散发着农人希冀的气息，
绿色托起的碎金子，
黑土撑起的碎金子，
风雨滋养的碎金子。

铺满田野的油菜花哟！
淳朴稚嫩的碎金子，
孕育同样金黄的汁液，
让我在瞭望的一瞬，
就认定生活，
有粲然幽香的美丽。

从《柴房》到《襄江》

雷云飞

读了郝晓光博士的两首诗配照《柴房》和《襄江》，感悟颇深，一吐为快。

柴房

卧薪尝胆数风流，
越剑柴房胜吴钩。
夫差香怜西施泪，
勾践姑苏上城楼。

在煤、石油和天然气已经普及和被广泛运用的现代社会,柴房或许早已被人们所遗忘,即便偶尔想起,也觉得不过是"历史博物馆"当中一个最不起眼的角落抑或概念。

在漫长的历史流变中,柴房是每一个人生活中必不可少的一部分,是维持温饱的必要条件,尤其是在传统的自然经济时代,柴房往往是一个家庭或者部落中最无人问津的地方,不仅是堆放柴草的地方,也是放置零散的闲置物品的地方。然而殊不知,在特殊的历史条件下,就在这简单的柴房里流传下来感人肺腑的千古佳话。实际上,历史上著名的"卧薪尝胆"这则典故就发生在柴房。作为经典成语,出自北宋苏轼的《拟孙权答曹操书》,但其所指的内容则是针对春秋末期越国国君勾践的故事。越王勾践被吴王夫差释放回国后,常思报国而一雪前耻,遂"置胆于坐,坐卧即仰胆,饮食亦尝胆也"(出自《史记·越王勾践世家》)。

诗配照《柴房》却借用柴房这一抽象的概念,暗指条件的艰苦、崛起的勇气和反败为胜的志向。虽然在这里凸显的是历史人物的励精图治,但在历史现实中则投射出了吴越之争中越国最终取胜的历史必然性,诗中所说的越剑胜吴钩指的就是这一史实。最后,以浪漫主义的笔法,在描述夫差西施以泪相怜的同时,也表达了勾践事业巅峰的到达。这里既有失败者的落魄,也有成功者的风光,从而形成了鲜明的对比。

纵观全诗,着眼于名不见经传的柴房,联想到卧薪尝胆这一典故,进而言简意赅地回顾吴越之争的历史画卷,从而阐明了"苦心人天不负"这样一个励志箴言。虽然不以成败论英雄,但是回顾历史不知有多少事令人扼腕不已。全诗引经据典,酣畅淋漓,一气呵成,值得反复回味和仔细品酌。

再看《襄江》。

襄 江

大河奔腾万里长,
浩浩荡荡过襄阳。
历史洪流谁执掌,
唯有隆中诸葛亮。

　　"大江东去浪淘尽，千古风流人物……"千百年来，无数文人骚客面对滚滚长江留下了千古名句和经典篇章，即便是发生在长江周边的故事，在文字中也已演变成与长江息息相关的符号，长江不仅是一条壮丽的生态景观，更重要的是一条饱含诗意的文化长河。

　　苏东坡的《念奴娇·赤壁怀古》是一首与长江紧密结合的壮丽诗篇。从此书写长江必怀古、必写史、必写历史人物就成了一种较为稳固的诗歌模式。明代杨慎的《临江仙·滚滚长江东逝水》中一句"滚滚长江东逝水，浪花淘尽英雄"，一笔盖过以往所有的固定套路，别开生面地表达了历史过往犹如过眼烟云，尽付笑谈之中。后来，这首词被用为央视版电视剧《三国演义》的主题歌，让人们把长江与三国时期那段波澜壮阔的历史融为一体，想起长江就会想起那荡气回肠的历史场面，看到长江犹如看到一个个鲜活的面孔，尤其在鲁迅笔下"近妖"的诸葛亮亦会栩栩如生地跃然纸上并映入眼帘。

　　长江，不仅是文化之河，也是历史的见证和记忆；而襄江则鲜为人知，它实际上就是长江的最大支流——汉江流经襄樊市的一段，是著名的"江淮河汉"的一部分。虽非长江，但有着奔腾的壮阔波澜；虽非万里，亦有着广为人知的浩浩荡荡。《襄江》这首诗起笔直书襄江的奔腾万里和浩浩荡荡，看到它是长江的重要支流，不由得让人想起长江在民族历史运行中的过往，想起长江的洪流宛若过往的历史一去不返，也就自然而然地生发出谁能主其沉浮的雄心壮志。虽然在诗尾明确地点出了只有当年身居隆中耕读的诸葛亮才具备掌控时局的经天纬地之才，但是也洋溢着积极乐观的精神面貌和通达向上的人文情怀，暗含了作者也想在这社会急剧转型和思想学术百家争鸣的时代力图一展雄才的抱负。

　　综观全诗，从放眼襄江到联想长江，从观今深思到遥想怀古，描述了襄江的宏伟，道出了长江的东逝，缅怀了先贤的才华，抒发了个人的情感。同时，激发读者乐观向上、积极进取的态度，表达了愿与读者共同进步的豁达胸怀。

打造浩瀚诗歌王国

任帅军

　　每个人的一生都会寄居于许多王国。在每一个王国，他都会有独一无二的身份。然而并不是每个人都有自己的诗歌王国。诗歌是诸多王国中能配享桂冠的王国，是精神上的自由象征，是艺术上的丰富体验，是哲学上的真理寄所。在诗歌王国，你可以从混沌人生中发掘宇宙的奥秘，从关联生活中寻觅醒悟的真谛，从语言趣味中感受纯粹的快乐，从生命艺术中把握意义的存在。郝晓光通过自己的诗配照在有意识地构建自己的诗歌王国。他的这种"有目的、有意识的活动"（马克思语）正好诠释了古希腊哲学家普罗泰戈拉的"人是万物的尺度"这句话。他正在用自己的诗歌尺度逐梦属于他的，也是属于我们的诗配照王国。

　　诗配照主要从一张照片出发演绎出一首诗歌。好的诗配照能构建一个完整的、浩瀚的精神世界。诗歌的诞生有许多途径，有睹物思情的灵感喷涌，有哲学沉思的深刻诠释，有即兴而发的生动叙述……郝晓光的诗配照既有睹物思情的温情流淌，也有即兴而作的内在冲动，更充满着哲学认识的独到深刻。请看这首《乌柏》。

摄影 戴福星 诗作 杨晓云

乌柏
东有普陀唤海龙
北有傲雪长白松
西有太行老愚公
南有大别乌柏红

乌　柏

东有普陀唤海龙，

北有傲雪长白松。

西有太行老愚公，

南有大别乌柏红。

中华大地，物产丰饶。这首诗配照就讴歌了壮丽山河的大美风景。浙江普陀山与山西五台山、四川峨眉山、安徽九华山并称为中国佛教四大名山，是观世音菩萨教化众生的道场。以东方的普陀开场，既点出了中华文化中有"普度众生"的佛教思想，又把文化思想与著名景点巧妙地联系在一起，让人心生向往之情。东海的海龙就是普陀地区的著名特产。游玩此地的人们吃着海龙，估计会想起《西游记》里观音莲花池里下界作乱的"通天河灵感大王"。就连这里的鱼儿也能修炼成仙，向善众生何愁不能升天？

中国北方的冰雪是最迷人的一景。哈尔滨的冰雕世界早已成为家喻户晓的旅游景点之一。这里除了童话般的冰雪天地，还有因形状如美女一般娇艳而得名的长白松（故而又名美人松）。这可是长白山独有的自然景观。如果你来到长白山，就会发现这里是美人松的天堂。棵棵挺拔俊美，在微风吹拂之下，轻轻摇曳，仿佛在向你招手致意。尤其是银装素裹，更是楚楚动人。可是你们在了解长白松的时候，知道发生在长白山上的传奇故事吗？讲到这里，你是否也考虑去长白山演绎一段属于自己的故事？

中国的中西部地区是华夏文明的发源地，有着许多历史悠久的神话寓言故事。《愚公移山》就歌颂了中华先祖勤劳、质朴、坚忍的品格。这个故事寄托了古代人对过上幸福美好生活的无限向往。解决民生问题才是老百姓最关心的话题。太行、王屋两座大山寓意着民生问题的棘手，愚公铁心要移走这两座大山，寓意着百姓对解决民生问题的坚定信念。太行山上还会再次出现"愚公移山"的故事吗？

中国的南方不仅风景优美，有乌桕这样的树中名门，更是革命圣地，是共产党诞生和发展的重镇。大别山中的乌桕似火一样的红，就像共产党在困难时期如火一样的蓬勃生命力。革命老区大别山有共产党和广大人民群众打成一片的诸多事迹，也有共产党从大别山出发挺进全国并最终夺取全面胜利的英勇故事。大别山里的乌桕别样红，大别山里的红旗永不倒。大别山的精神正在向我们招手，你我现在还能再认真地重温一遍吗？

这首《乌桕》从歌颂自然景物开始(普陀岛的海龙、长白山的白松、太行山的峻岭、大别山的乌桕)，向我们讲述了中华优秀传统文化中的传奇故事(佛教观音的普度众生、长白山脚的美好传说、太行山脉的神话寓言、大别山下的红色文化)，彰显了中华民族生生不息的勤劳、勇敢和抗争精神。不得不说，这是一首文思泉涌、风情并茂、怡情悦兴、雅俗共赏的好诗配照。

历史与新生

郑光勇

"诗配照"既是新生的又是历史悠久的

近年来，中科院测量与地球物理研究所研究员郝晓光博士明确提出"诗配照"是一种新文体。从这个意义上说，"诗配照"是个新生事物，并逐渐吸引人们的眼球。郝晓光博士不仅在理论上对"诗配照"进行阐发，而且早在 2010 年年底，创作了第一首"诗配照"作品。此后，他激情迸发、诗兴日浓，国内外四处行走，积极创作并先后在互联网等媒体上发表了不少"诗配照"作品，如《印象青花》《向阳礁》《水菊花》《渡琼州》《水布垭》等。他的"向阳'诗配照'"专栏中，就收录了其本人和李黎等"诗配照"作品四十多篇。2016 年 4 月 12 日晚，他在咸宁的一次专题研讨会上，进一步从理论上对"诗配照"进行分析，认为"诗配照"具有普及性、参与性、文学性、教育性等 36 个特性，提出要积极推广"诗配照"这种新文体，使之成为一种大众创作，形成数以亿计的作者群体。

其实，从创作实践来看，"诗配照"的历史并不算短。自近代照相技术发明（1839 年 8 月 19 日，法国画家达盖尔公布了他发明的"达盖尔银版摄影术"，世界上诞生了第一台可携式木箱照相机）以来，人们特别是文人雅士们，就有在照片上题字、题诗以作纪念的做法。比如，鲁迅先生就曾多次在照片上题诗。而国人印象最深的，恐怕是毛泽东 1961 年 9 月 9 日为其妻子江青所拍庐山风景照片题写的《七绝·为李进同志题所摄庐山仙人洞照》:"暮色苍茫看劲松,乱云飞渡仍从容。天生一个仙人洞,无限风光在险峰。"

这首诗,最早发表于人民文学出版社 1963 年 12 月版的《毛主席诗词》里。由于发表时特殊的政治背景,作者的伟人效应,诗作本身的意境及其显示出的雄伟气魄,还有庐山的名山美景的影响,流传甚广,影响很大,至今上了年纪的人都记忆犹新。

其实提到"诗配照",很容易让人联想到中国历史悠久、影响深远、韵味幽深的诗中有画、画中有诗的诗书画同源的优良传统。在画上题诗,是中国国画的通行做法,并一直流传至今。比如近年来,老树的诗配画,就在网上流传甚广,成了一种比较热门的"心灵鸡汤"。根据他人的画来作文、作诗,也并不少见。只不过这种做法只能称之为"画配诗"而已。相对于摄影,会画画的人毕竟较少。因此,诗配画或者说画配诗一般只能出自于专业书画家或者作家、诗人之手,普通公众如果不经过专业训练,是难以为之的。

"诗配照"既是大众的又是高雅的

近代以来,由于摄影技术的逐渐普及,特别是最近二十多年来,随着数码相机特别是内置了数码摄影装置的手机的普遍应用,几乎人人都成了摄影者,随手拍照成为常态,诗配照也就日渐多了起来。比如在电子网络上,常常可以看到普通人发表的"诗配照"。随手一搜,就可在网络上发现很多普通人发表的"诗配照"作品。如网名"悠哉游哉"2007 年 5 月 21 日在其博客上发表的"诗配照"《五言诗·睡莲》:

五言诗·睡莲

静卧水中央，犹闻淡淡香。

夜来合瓣蕊，黎明复又张。

楚楚姿艳丽，质洁气自昂。

抚琴吟一曲，相与诉衷肠。

作者注明其图片取自青燕博客，并标明为"诗配照"。又如 2010 年 6 月 18 日"镜前吟"在其博客上上传的"诗配照"《冰城紫牡丹歌》：

冰城紫牡丹歌

古都皇家女，结伴嫁冰城。

仍存红泥品，又含黑土情。

春花夏竞放，南卉北争锋。

诸颜皆光辉，姹紫更脱颖。

出蓝胜于蓝，源红反超红。

江露润肌肤，松液净貌容。

肢透水晶韵，面露丹霞风。

递波如烟至，回眸似雾腾。

奇香谁堪比，绝色无雷同。

若蒙夕阳衬，格外显玲珑。

无尔常年寂,有君一鸣惊。

游人怨拥堵,园主叹爆棚。

滚滚油墨味,咔咔抓拍声。

其后,还附有"郁李子"先生的赠诗:"北国喜得洛邑芳,魏紫嫣然飘奇香。更有佳韵谐丽色,不日华姿遍三江。"

再如,"秋水长天"2011 年 7 月 7 日的博客云:"我的好友荒野弃石喜爱摄影,前段时间给我看了他拍摄的部分照片,其中有一幅野花照我特别欣赏。这野花在我们家乡叫刺蒺芽,浑身长刺,样子难看。但它却有很好的止血作用,在野外如果手不小心被划破了,把它的叶子揉碎,挤出汁敷在伤口上,伤口就会很快愈合。下面是好友的照片、我写的诗及诗的书法作品,愿与朋友们分享。"其诗如下:

天生卑微荒郊外,春风夏雨花自开。

莫道世间多薄情,早有蜜蜂闻香来。

此诗后面还附有博友"心地言语"的诗评:"高雅情操美配诗,春秋漫野逸心思。兴游人间一甲子,多余时光赚友谊!"

有人写,有人评,有人赏,有人赞,这很好地说明了"诗配照"是普通群众喜爱的一种艺术形式,特别是网络传播既快又广,更能吸引大众关注。

说"诗配照"高雅,主要是因为,虽说其门槛较低,似乎人人都能以这种形式露一两手,但现实中,一篇图文并茂、兼具思想性和艺术性,能够流传开来、为人们喜闻乐见的"诗配照"作品并不多见。没有一定摄影技术和文学、艺术功底的大众作者,创作难度是比较大的。只有那些既有一定思想深度和文学特别是诗歌创作天赋,而且又有比较过硬的摄影技术和艺术的作者,才有可能创作出优秀的作品来。这是其一。其二,创作"诗配照"是超越日常生活的一种艺术创作行为,需要有高度的艺术自觉和追求。

比如,"香山遗风"2011 年 12 月 21 日发表于洛阳社区的诗配照《访王元君兄(二首)》:

访王元君兄（一）

一条弯路通天阙，四合平房胜阁楼。

雅士文朋亭下醉，溪边野叟笑王侯。

访王元君兄（二）

一身豪气赋苍茫，几卷诗书赶宋唐。

翻破辞源终不悔，为求精品字抛光。

　　诗后面还附有说明："2011 年 12 月 20 日，余同尚君、闫共选二兄一起造访新安县邙山之巅孙都村王元君仁兄。久不见王兄，一时甚悦，谈诗论文无不畅快。感元君兄诗句：'因嫌无极品，一字一抛光。'随吟诗二首赠之，以表敬佩之情。"

　　又如，"春风轻飘夜雨"创作的"诗配照"《小诗·观海》：

小诗·观海

夏临东海登崂山，欲效仙人餐紫烟。

障雾蒙蒙笼弱水，骤雨阵阵洗青天。

高阁飞檐霄云外，太清凌虚古木参。

俗世红尘匆匆客，一景一物亦畅然！

这首诗,前有序:"2013年7月3日至7日,在青岛游学。间隙,游崂山。有感而发。"后有注:

　　1.崂山,旅游胜地,山清水秀海阔,名胜古迹众多,有"海上名山第一"之称。

　　2."餐紫烟",效法大诗人李白诗句"我昔东海上,劳山餐紫霞"句,古劳山即今之崂山。

　　3.弱水,指"东海",即今之黄海。

　　4.太清,指太清宫,道教圣地,有"天下第二道教丛林"之说,距今已逾二千余年。

　　5.古木,太清宫古木众多,最久远者达二千一百余年,传为太清宫的开山祖师张廉夫所植柏树。

从中可以看出,这两篇作品的作者,都不是普通老百姓,而是具有一定文学艺术修养者,而且都是有意为之,是一种风雅行为。但仅就其诗作来看,思想性艺术性都很一般。因此,创作"诗配照",是一种高雅的艺术活动,生产出一篇较高水平的作品,并非易事。

从以上分析可以看出,"诗配照"既有低至尘埃的下里巴人的一面,也有高上云端的阳春白雪的一面。没有大众化的喧闹嘈杂,"诗配照"就难以普及推广开来;而缺少了精英化的引领提升,"诗配照"就难以生发出较强的艺术效果和显著的名人效应。

"诗配照"既有较强的现实性又有突出的审美性

"诗配照",首先要有照,也就是景物、人物、场景或者背景,这是前提和基础。在此基础上,再来创作诗歌,使之相"配"。只有二者很好地相配,一篇"诗配照"作品才算诞生。就此而言,"诗配照"需要来自生活、来自时代,具有较强的现实性。像郝晓光博士创作的不少作品,就充分证明了这一点。他以满腔热血和深厚的专业知识,积极为推动我国早日收复被印度非法占领的藏南领土而鼓与呼,为此热情澎湃地写下了"诗配照"《两路雄》:

两路雄

林芝朗县杜鹃红，那曲班戈野驴疯。

武汉健儿多奇志，藏南藏北两路雄。

又如，他的另一篇"诗配照"《向阳礁》：

文化部湖北咸宁向阳湖干校五七中学校友为我国南海建岛做出重要贡献

向阳礁

五七中学逞英豪，吹沙建岛出奇招。

笑看美菲干瞪眼，南海矗立向阳礁。

这些都是具有强烈现实针对性的作品，回应了社会各界对中印边境地区和我国南海热点问题的普遍关切，洋溢着高昂的爱国主义热情，诠释了"位卑未敢忘忧国"的深挚情怀。

"诗配照"是文学(诗歌)与艺术(摄影)的联姻,是一种复合型、个性化、边缘融合滋生出的一种独特的艺术创作形式,审美性是其本质属性。"诗配照"必须具备"三美",即照片美、诗词美、诗与照匹配结合美。可以说缺乏美感的"诗配照"作品,是很难打动人的,也终将传之不远。在此无须赘言。

在本文的最后,奉上作者诗配照作品一篇。

访绍兴王羲之故里
慕雅千里拜书圣,
古巷空空寂寞风。
谁家壁上留旧迹,
昨夜依稀梦里逢。

访绍兴王羲之故里

思梧斋

慕雅千里拜书圣,古巷空空寂寞风。

谁家壁上留旧迹,昨夜依稀梦里逢。

诗配照生奇效：1+1>2

老药师

先看一个诗配照作品：

为牦牛照题

吞气忍辱自前行，
难舍莽原度一生。
长夜漫漫家何在？
幸有晨光照眼明。

令人过目不忘的好诗，往往是因为其有很强的画面感；动人心弦的好照片，常常也是因为其中蕴藏或洋溢着诗意。但不是所有人都能体会到好诗好照片的意境。

欣赏纯粹的艺术作品是需要悟性或者说需要想象力的。读诗缺乏想象力，心中就不会有画面感。看画看照片看风景，缺乏悟性或者联想能力，也不能体会到其中的意境和气势。

诗配照把诗和照片有机结合在一起，即生出奇效：能令粗人的心变得柔软，能令所有人都感受到其中的诗情画意或蓬勃气势……这也是诗配照的神妙之处。

诗与照，相互解读、相互印证、相互点拨，再迟钝的人也能读懂和体会出作者的心境、意图、境界。

摄影：车刚（中国摄影金像奖及平遥摄影大赛特等奖获得者）

朝佛

一路跪拜双膝破，
千里万里去朝佛。
山高水险诚心在，
身心两误已忘我。

朝 佛

一路跪拜双膝破，
千里万里去朝佛。
山高水险诚心在，
身心两误已忘我。

神龙鼎

神龙见尾不见身，
惟余此鼎铸龙魂。
登得霄外天阶上，
始悟谒神亦有门。

琴

琴，
一曲高山复短吟，
情深处，
弦断少知音。

一张单纯的照片，莫过于一把琴，摆在那里，简单而普通，很难让人产生太多联想。但是照片上的那首小诗，让这把琴活了起来，让这把琴有了生命，有了灵魂。

再看何红梅的另一首《好生痴》。

好生痴

记得当时，
曾赋新诗，
书中悄赠，
却被人知。
今生缘，
前生事，
好生痴。

一本书,摆在桌上,那样的普通和平凡,但是一首诗的点缀,赋予了这本书无限的遐想,无穷的空间。甚至可以说,因为这首诗,读者会对照片念念不忘。

意境美是这两首诗配照共同的特点,因为诗作的出色,让照片出彩。

与此同时,上述两首诗,离开了照片,显得要单薄得多,逊色得多。比如《好生痴》,正是因为那本蓝皮的书静静摆在那里,赋予了诗作极大的意境与韵味,给了读者品读诗作的切入点和方向。

这种诗与照相互解读、相互印证、相互点拨的例子,在郝晓光的诗配照作品中也比比皆是。我相信,透过照片读诗,通过诗作观照片,再迟钝的人也会有所体会,有所感悟和启发。这应该就是我认为的诗照互补、生出奇效。

题壁诗与诗配照

过家春

先发几组图片"镇文"：

图 1、2　泰山题刻

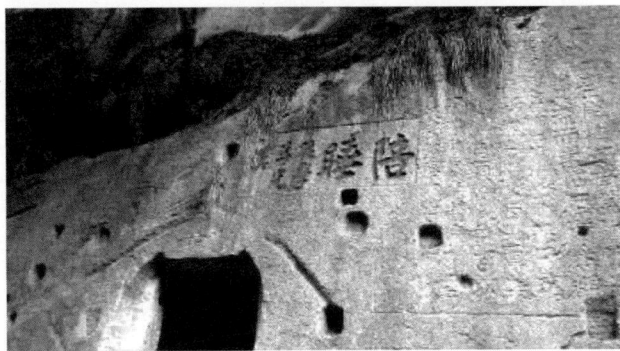

图 3　华山题刻

图4 现代题刻——"到此一游"

图5 题画诗——芙蓉锦鸡图（宋·赵佶）

以上几图是中国古今题壁、题画的典范和代表。题诗刻文于崖壁、书画、祠堂府第、器皿物品，是中国古代文人喜爱的文学创作与文化传播方式。

在造纸术发明以前，龟甲、兽骨、金石、竹简、木牍、缣帛等，但凡能够刻文写字的地方，基本上都被文人用上了，使得文字得以演化，文化得以传播。即使有了造纸术和印刷术，人们仍热衷于在纸张以外的地方留下文字。究其原因，一方面可能因为当时的造纸与印刷尚满足不了书写的需求；另一方面，极可能是由于中国文人固有的特质和雅好，出于宣教劝惩、言志传情、逞才抒怀等各种"动机"。加之题诗刻文于纸张以外更加易于留存、传播、交流，具有纸张以外的艺术品位，增添了文化内涵与审美意趣。譬如古典园林中的题景、匾额、楹联、题刻，茶则、笔砚、陶瓷、玉石等各类器具用物上的雕、刻、塑，物华文茂，相得益彰。古代题壁之风的盛行，上述原因应略有一二。

中国文字与文化特质的书法、诗歌、绘画、印章等艺术形式的发展，使得题壁诗与题画诗逐步成为中国古代文人的一大"偏好"，似乎也就顺理成章了。题壁对于书法和诗歌的创作与传播，学者已多有论述。而题画诗更是"有声画"和"无声诗"的结合，将诗、书、画、印融为一体，是中国古代诗歌形态中的"奇葩"。

中国题壁、题画文化的发源，目前公认为秦汉时期，到唐宋达到巅峰，比如唐宋诗词大家，几乎都有题壁或题画之作，留下了许多美妙浪漫的逸事佳话。

沈德潜在《说诗晬语》中云："唐以前未见题画诗，开此体者老杜也。"

可见诗圣杜甫在题画诗中的地位。

孔寿山认为,题画诗有广义(赞画诗,可离开画面而独立)与狭义(题画诗,诗画融合)之别,真正的题画诗(狭义)则始于北宋,宋徽宗赵佶的《芙蓉锦鸡图》(图5)、《听琴图》等画迹则被视为狭义上的题画诗(有别于赞画诗)的实物证明。

唐宋时期的题壁之作,也是范围甚广,俯拾皆是。大文豪苏东坡的《题西林壁》,千古传诵。

题西林壁

横看成岭侧成峰,远近高低各不同。

不识庐山真面目,只缘身在此山中。

崔颢有题壁诗《黄鹤楼》:

黄鹤楼

昔人已乘黄鹤去,此地空余黄鹤楼。

黄鹤一去不复返,白云千载空悠悠。

晴川历历汉阳树,芳草萋萋鹦鹉洲。

日暮乡关何处是?烟波江上使人愁。

"唐人七言律诗,当以崔颢《黄鹤楼》为第一"(《沧浪诗话》)。以致李白登黄鹤楼,本欲赋诗,却为之敛手:"眼前有景道不得,崔颢题诗在上头。"当然,李白也有不少的题壁诗,杜牧有诗为证:"李白题诗水西寺,古木回岩楼阁风。"

题壁与题画在唐宋的盛行,有政治经济大发展带来的文化大繁荣,也有"诗画一律""书画同源"的内在统一缘由。

"诗画一律"最早由苏轼提出,所谓"诗画本一律,天工与清新",无论赋诗还是作画,都应如"清水出芙蓉,天然去雕饰"那般,意通神似,不期而自至,寓无形于有形。"书画同源"观念与"诗画一律"一脉相承,同样追求形神兼备,以形传神。

看似巧合的是,诗词、书法、国画,均于唐宋趋于鼎盛。诗书画印浑然一体，自宋徽宗始，及至明清，日臻完善。但近代以来，外辱内乱，国运颓废，随着封建制度的灭亡，科举制度的废除，新文化运动的兴起，简体字的推行，一直到"文化大革命"，在重理轻文的教育模式下，一些优秀的传统文化传承乏力。取代古典诗词歌赋创作的，是五四运动前后、受国外诗歌影响较大的新诗（白话诗）。五四运动以来，新诗是中国现代诗歌的主体，20世纪八九十年代曾又一度辉煌，继而趋于沉寂，今天"诗歌已死"的说法不绝于耳。

2016年8月18日，首届上海国际诗歌节举办，中国新诗迎来百年庆典。"今天，不仅中国新诗面临着全新的机遇和挑战，实际上，全球诗歌都进入一个极速变化的时代"，"我们已经走过了向外学习、向内寻找自己传统的阶段。"读此新闻，作为诗歌爱好者，我禁不住激动着，兴奋着，热切期待中国诗歌的春天来临！

诚然，新诗需要发展。但是旧体诗也应传承。我们大谈特谈题壁、题画，实则为了旧体诗煞费苦心。这些年来，郝晓光老师极力推广"诗配照"体裁，仔细思量，何尝不是古代题画之风一脉而下的呢？！

"诗是有声画，画是无声诗。"无论是旧体诗还是现代诗，好的诗给人以画的冲击，而一幅好画又能让观者走入诗的意境，所谓"诗情画意""如诗如画"正是如此。

且读清代李方膺《题画梅》。

题画梅

挥毫落纸墨痕新，几点梅花最可人。
愿借天风吹得远，家家门巷尽成春。

点点墨梅，跃然纸上，微风拂面，清新可人，仿佛春天就要来了，一时间甚至忘记了这炎炎夏日。

再比如苏轼的《题惠崇〈春江晚景〉》。

题惠崇《春江晚景》

竹外桃花三两枝，春江水暖鸭先知。
蒌蒿满地芦芽短，正是河豚欲上时。

脍炙人口的题画诗,画面感、即视感强烈,读罢令人如临其境,如痴如醉。

古人没有照相机,就将良辰美景写进诗里,作入画中。今人每到一处游览,必用相机记录美景和身影。但遗憾的是,很多时候,我们面对美景,词穷墨尽,唯有瞠目结舌,空余一张旧照存于电脑的硬盘里,可怜乎?

杜甫望岳,抒发"会当凌绝顶,一览众山小"之气概,我等却只能沦落为涂鸦"到此一游"以期留名百世,可悲乎?

古代有能力游历名山大川的大都是有钱人,而今凡夫俗子都可以来一场说走就走的旅行。嗟乎哀哉,咱不会挥毫泼墨,难道就只能留下"剪刀手"和"到此一游"吗? 满心的诗情画意还有直抒胸臆的途径吗?

有! "诗配照"是也!

古人题壁需要极高的书法与文学造诣,咱没那能耐,就别学着"到此一游"了。

古人能作画题诗,咱不会作画,但咱有照片,有 PS(Photoshop 图像处理软件),有美图秀秀,只要你佳句偶得,就可以 PS 上去,咱把"题壁"题到"照片"上去!

过去,一般认为题画诗为中国诗画的独特艺术形式,诗画一体,且不破坏画境,而西洋油画上则不宜题诗。

那么以写实为主的摄影艺术适合题诗作句吗?"诗配照"的实践证明,是可以的。事实上,传统艺术与现代科技结合,早已有人为之。比如我们常看到一些名画大作显示于屏幕,浅颦低眉,风吹波动,人活了,景动了,别有一番风味。甚至纯电脑也能制作出水墨效果。对于"诗配照"而言,摄影作品之美,很多时候是绘画作品所不能表现、无法企及的,辅以隽永小诗,亦能有"宛若天工"之效。况且摄影作品可以根据"诗配照"的需要进行调色、裁剪,甚至还可以移花接木,加一些特效。诗句文字的字体、色调也多有选择,完全可以做到诗与照浑然一体。退而求其次,若实在难以协调,则完全可以置小诗于照片之外。

"高情逸思,画之不足,题以发之。"(清·方薰《山静居画论》)"画上题款诗,各有定位,非可冒昧,盖补画之空处也。如左有高山右边宜虚,款诗即在右。右边亦然,不可侵画位。"(清·孔衍拭《石村画诀》)"画写物外形,诗传画中意。"将上述各句中的"画"换作"照"——"高情逸思,照之不足,题以发之""照写物外形,诗传照中意"——个人感觉题画诗的概念、理论、形式,几乎都能在"诗配照"中找到契合点,或许是一个值得研究的课题。

中国古代诗、书、画艺术要求极高,追求诗绘并工、附丽成观的艺术效果,是士大夫等上层文化阶层的闲情雅致。而今对于"诗配照",大可不必如此苛刻,"诗配照"可以配古体诗,也可以配现代诗,甚至是只配一字一句一联,只要能做到赏心会意,都具一分诗意。写到这儿,不禁想起卞之琳那首《寄流水》:从秋街的败叶里 / 清道夫扫出了一张少女的小影 / 是雨呢还是泪 / 朦胧了红颜 / 谁知道 / 但令人想起 / 古屋里磨损的镜里 / 认不真的愁容 / 背面却认得清 / "永远不许你丢掉!"——只背面题一句"永远不许你丢掉",满满的爱意,这何尝不是"诗配照"呢?

"诗配照"的意义在于其大众化和自娱性,因为随着高等教育的普及和社会的进步,人人都是知识分子,人人都有相机,人人都有游走的冲动和机会。我们每个人都有感情宣泄的需求,一张照片,一首小诗,一份情怀,自娱自乐,陶冶情操,给生活平添几分诗意,何乐而不为呢?

抱以这样的态度,自己也尝试着写了几首,竟然也有"佳句偶得"般的喜悦。其中有一首是 2015 年在武汉参加一个考试,结束后游黄鹤楼公园,仰观苏步青大师题字白云阁"无心出岫"匾额,再登黄鹤楼"楚天极目",回来火车上便写了一首,文莉老师帮配上照片,形成诗配照《黄鹤楼抒怀》,其中尾两句颇贴心境:"白云无心出青岫,楚天极目立新猷。"——人家苏步青大师做学问是无心出岫的境界,自己升学进修,还是要好好努力,立志来年再考。

图 6 诗配照《黄鹤楼抒怀》

"诗配照"可以被看作题壁与题画的传承与创新吗?希望越来越多的人研究诗配照、普及诗配照、践行诗配照!

话说"诗配照"之"照"

如 蓝

我想我是做梦都没有想到,今天,我们拿起一部手机,可以随心所欲地拍照的。

在我的潜意识里,拍照片是件极奢侈的事情。

不是吗?一张小小的黑白照,需要 8 毛钱,这是我中学时代的价格。有段时间,有个背着相机的人到了学校,家境好的同学在校园边的梨花林里摆着各种姿势拍照,我心里痒痒的。

我的手里也有 5 元钱,姐姐给的,因为我跟她说,我渴望订阅《中学生》杂志。姐姐在一个农场幼儿园里教孩子们唱歌、跳舞,每月有 15 元的工资,她把其中的 1/3 给了我,是为了那本杂志,而不是为了照相。

"那时候,你可是人见人爱!"直到今天,妈妈每每这样说。但是我没有那个"人见人爱"时代的证据。所谓"有图有真相",这个"真相"因为照片的稀罕,永远地成了"据说"。

胡乱扯了这么一通,可真不是为了"忆苦思甜",我要说的是,诗配照之"照"。

说起诗配照,很多人会说到鲁迅先生在 20 世纪某个年代,就玩过这玩意儿,还有谁谁谁,早在什么时候也在照片上写过诗。

直到 20 世纪 80 年代末,作为中学生的我还不能拥有一张黑白照片,何况鲁迅先生所在的民国时期,照相是何等奢侈的事情。

鲁迅先生在照片上写诗的时候,没有诞生"诗配照"一词,而近年来,包括《光明日报》在内的许多媒体、诗词学会纷纷开展诗配照作品征集、比赛，从微博到微信，作者自发的诗配照更是多如牛毛。

于是我理解，诗配照之"照"，应该是随着数码摄影、手机照相功能诞生，使照相变得人人可为时代的"照"，唯如此，诗配照才能成为国民运动，正如郝晓光老师所言："是时代催生了诗配照。"

中国人善于咬文嚼字，一个词往往有"广义"与"狭义"之分，如果按这样的标准来分，当前我们常常挂在嘴里的诗配照之"照"，当列入"狭义"一类，即人人可为的、参与度极高的照片。

我的奶奶出生于清代末年，以童养媳的身份嫁给爷爷。那时候，我们家尚属大户人家，于是奶奶在年轻的时候也有了照相的机会。据说当镁光灯闪起的时候，她颇受了几分惊吓，成为家族里几十年的小笑话。

1844年，一个叫于勒·埃及尔的法国人，以法国海关总检察官的身份来到中国，这一年，他把摄影的技术带进了中国。

面对这个新的玩意儿，中国人表现得十分谨慎，比如清廷一度认为照相是一门"妖术"，严令禁止。直到1903年，因为德龄公主来到身边，慈禧太后对新事物有了兴趣，才有了照相的想法，并有自己的"御用"摄影师。据说这个太后把照相看成特别神圣的事情，选定的照相日子一定是翻阅历书获得的吉日。

慈禧照相，其意义大了去了。比如，你一定想知道，杨贵妃到底长什么样，你一定对武则天的容颜格外好奇，但是你没有可能看到。一张慈禧的照片，了却了你的心愿。

慈禧照相，其意义大了去了。从此，官方肯定了照相是新事物而不是"妖术"。

当然，后来，我的奶奶依然畏惧照相，大约因为她离清廷实在太远。

啰唆这么一通，还是一个意思：今天被提及的诗配照之"照"，真不是慈禧玩得起的"照"，当然也不是奶奶畏惧的"照"，不是少年时代的我渴望的"照"。

当照相只是少部分人玩得起的游戏，相片里的主要元素莫过于人，那个时候所说的照相，基本是"被照相"。

"被照相"的时代，一家人会穿戴整齐了去照相馆照张全家福；"被照相"的时代，照相机对准的，主要是人的脸颊。比如鲁迅先生《自题小像》中的相片，便是因为剪了辫子，于是留下一张照片作为纪念。

与"被照相"时代不同的是，诗配照之"照相"，人人都是摄影师。

如同当年的照相被称作"妖术"一样，人人可以拿起相机，也曾掀起一些波澜："什么，甚至不论什么场合、什么时间、什么环境下，拿起手机就照。伦理何在！"

"会不会侵犯隐私，会不会有悖道德，比如在澡堂里，会不会有人举起手机拍照……"

如果说几年前，这样的理论还有人回应，现在，这种声音会只会淹没于数以亿计的手机拍照声中。

当一种东西已经成为大众生活的一部分，成为一种国民习惯，还存在争论的必要么。

人人可以带来天翻地覆的摄影革命：照片的内容远远地超出了以人像为主的范畴，从自然景观到风土人情，无所不包，如果来了兴致，玩点自拍也未尚不可。一些报纸办起了"手机随手拍"专栏，一些资深摄友，在微信上玩起了"手机看世界"。而某些报社记者，外出的时候也丢弃了大部头的相机，而是随性地举起手机。一些培训机构，专门针对手机拍照，办起了培训班……

正是这场摄影史上的巨大革命，引发诗歌史上的一场革命：人人可为的摄影，引发更多作诗的欲望；丰富的相片素材，为诗歌的创作提供更多的灵感。对着不同的照片，我们可以讲故事，可以抒发情感，可以往东想，也可以向西思考。

比如一首《端午情思》。

端午情思

端午门前挂艾蒿，
清香驱邪梦魂消。
楚天寥廓情何在，
当代谁人读离骚。

又如《紫竹》。

紫 竹

斑竹一支千滴泪，
水竹一节两尺高。
楠竹却把春来报，
紫竹只为把魂销。

再如《卡诺拉》。

卡诺拉

一座冰川五年化，

全球变暖真可怕。
沧海桑田人为害，
众神哭泣卡诺拉。

事事皆为素材，事事皆可发挥，无处不在的创作源泉，因为有了"诗配照"之"照"。

历史的延伸　现实的脚步

如　蓝

　　直到今天，很多人不知唐高宗何方神圣，但是一定知道李白、杜甫、白居易；直到今天，很多人不知宋太祖何人，但是一定知道苏轼、辛弃疾、李清照。

　　"飞流直下三千尺，疑是银河落九天。""野火烧不尽，春风吹又生。""明月几时有，把酒问青天。""众里寻他千百度，蓦然回首，那人却在灯火阑珊处。""但愿人长久，千里共婵娟。"

　　千百年来，我们就这么传诵着，一代又一代，这种传诵无关乎一个人的知识含量，无关乎你身处何方或者身份几何。总之，我们就这么习惯地张嘴即来，否则，一定觉得生活中少了些什么。

　　无论用什么样的词形容唐诗宋词之美、之高，都不为过。

　　14世纪末期，随着蒙古人的南下，随着崖山海战的烟消云散，中国历史进入一个叫"元"的时代。

　　那个流光溢彩、婉转逶迤的唐宋年华带着万丈的光芒消逝于历史的尘埃。春去秋来，斗转星移，蓦然回首，我们发现，唐诗宋词依然矗立在高高的艺术塔顶，影响着我们，感召着我们，让我们似乎尚可触摸那个时代的温度，尚可感受那个时代的骄傲，比如万国来朝的辉煌，比如诗人辈出、佳作纷呈。

　　我们用虔诚的眼光回望，我们带着膜拜的情绪咏唱，我们挖空心思地遣词造句，去追随那些格律和韵脚。我们依然难以企及，那样一个专属唐宋的高度。

历史的车轮滚滚向前,不因为我们心中淡淡的惆怅。有一天,智能手机走进了我们,我们没有多少思考地接受过来。揣着智能手机,我们随手拍拍照片,顺手拿到微信晒一晒,如此自然,如此随性,随性得几乎没有意识到,关于唐诗宋词的古风遗韵,会在手机这个空间里,以另种方式悄然延续。

一天,看袁天沛老师在微信朋友圈晒了一组杏子的照片,文字配的是"花褪残红青杏小,燕子飞时,绿水人家绕……"噢,面对照片,他想起了苏轼。

又一天,朋友余继文在朋友圈晒出梅花的照片,配诗如下:

梅

香雪隐隐遮远山,
淡绿嫣红竞作仙。
不是有心争春色,
百花发时我自眠。

比起"无意苦争春,一任群芳妒"来,余继文的诗或许稍稍逊色,但是一张关于梅花的照片,却是当年的《卜算子·咏梅》望尘莫及的。当年陆游在欣赏梅花的时候,尚无"照相"这个词汇,更不要提有照片。

实际上,每天一打开微信,总会看到几首朋友们对着照片写的诗,在跟帖中，更不乏和诗者，加上点赞的、评论的，好不热闹。

　　手机照相功能的诞生加上网络的普及，让唐诗宋词的古韵以如此这般的模式呈现开来。无论是李白还是杜甫，都无法想象，今天的人们，可以随手将景观固定下来，随性可配首诗。更让他们想不到的是，网络的传播模式，比起当年的青楼吟唱、墙壁上题诗，推广起来更为快捷便利。

　　历史在延伸，延伸的每一个节点，都带着鲜明的时代性。如同我们没有生活在南宋时代，就作不出"西北望长安，可怜无数山"的诗句一样。当年的辛弃疾，也不可能作出《潘多拉》：

潘多拉

曲径通幽路自狭，

好酒巷深人人夸。

瓶中佳酿谁来饮，

只有魔鬼潘多拉。

不仅是照相功能,而且照片处理软件的日益丰富,摧生《潘多拉》的诞生。

从《潘多拉》可以看到,这一类的诗配照中,单独的照片或者单纯的诗,都很难被理解。但是把诗与照片配在一起,可以综合地传递信息。这应该就是郝晓光博士一直强调的:诗配照的核心在"配"。

历史的延伸,无不在现实的环境中迈开脚步。

我们竭尽全力,难以达到唐诗宋词的风韵。但是,我们可以用诗配照的方式,弥补语言表达的意境不足,通过诗与照片的绝妙配合,产生综合的艺术效果,感染读者。

一张照片一首诗,如同一个宁静的小屋周边,种上了美丽的花朵;如同一条清澈的小河上,架起一座弯弯木桥;如同一匹骏马上,有了一位英武的翩翩少年。

诗配照,让唐诗宋词的遗风铿锵地行走在现实的大道上,这是一条阳关大道。

一场诗歌史上的革命

如　蓝

诗歌的产生显然早于文字，比如西周时代，普通民众的劳动号子、风土歌谣，便为《诗经》提供了源源不断的素材。比如"十亩之间兮，桑者闲闲兮，行与子还兮。十亩之外兮，桑者泄泄兮，行与子逝兮。""采采芣苢，薄言采之。采采芣苢，薄言有之……"

这些描写采桑、采车前草的场景，一从劳动者口里吟唱出来，便给《诗经》披上了纯朴的外衣，涂抹上了土地的色彩。

不错，诗歌本身来源于人民群众的生产和生活，本身便是大众的。只是不知从什么时候开始，诗歌走向了才子佳人，走向了王公贵族。直到当前，写诗也的确是极小一个群体内发生的事情。

"'诗配照'集唐诗宋词的古韵和现代摄影的精彩于一身，操作简便、人人可为，是诗歌的卡拉 OK。"

2016 年 4 月 12 日，首届"诗配照"研讨会在湖北咸宁举行，"诗配照"创始人郝晓光博士抛出了他心目中诗配照的思路和理想：让写诗如同唱卡拉 OK，成为大众性的文化活动！

大屏幕上，是郝老师为他的课件打出的标题——《一亿个诗人的摇篮》。

醒目得有些霸气！

咸宁市文学界和摄影界专家、学者、爱好者计五十余人参加了研讨会。在郝老师全新的观点和阐述面前,无不感到耳目一新。

"早多年,我也在自己或朋友的照片上这么干过,只是没有像郝博士这么留意做总结和推广。'诗配照'不愧为一种很好的载体和平台,为旧体诗的普及和繁荣找到了一个渠道,是一种现代交友的手段。"与会的咸宁市作协副主席、《咸宁周刊》原总编金礼山说。

"一种新的艺术形式,绝对适合推广。"咸宁市作协常务副主席李专说。

"把诗歌从大雅之堂一下推到了广阔的田间地头以及街头巷尾茶馆酒肆。"与会的中国盆景艺术大师冯连生弟子说。

看来,"诗配照"真可称得上是诗歌史上了不起的革命,如同郝老师说的"还诗于民"。

……

"普及性、参与性、随意性、文学性、故事性、教育性……"大标题以下,郝老师以诗配照作品为例,逐一剖析起诗配照的 36 个特性。

"'诗配照'的灵魂不是'诗',也不是'照',而是'配',讲究'诗照合一'、追求'图文并茂、情景交融',给广大诗词和摄影爱好者提供一种心灵、自然和社会的对话方式……"关于"诗配照",郝老师的观点总是如此别具一格。

风趣幽默的演讲显然引起与会者共鸣,会场上,时而是掌声,时而是笑声,时而有人拿起话筒诵读,再一会儿,分别用咸宁各县的方言读起同一首诗《向阳礁》，正如一位与会者所言"郝博士气爆全场"。

在讲到诗配照《探春》时，湖北科技学院孙和平教授进行了声情并茂的诵读，而在分析诗配照《百宝箱》时，孙教授又格外动容。

"我最大的感受是：诗配照，好玩！"参加完研讨会的咸宁市女作家万红英说。

"'诗配照'是一种有生命力的事物，并具有审美性、现实观照性和人文关怀。"咸宁市政协副秘书长郑光勇说。

针对诗配照的起源及意境问题，咸宁市诗词学会副会长罗勇、湖北大学文学博士胡武生与郝晓光博士进行了探讨。

"手机照相功能的诞生和普及，让诗配照有了推广的可能，有了大众参与性。在此之前偶然为之的，或者少数人做过的，应该不算严格意义上的诗配照。"

"我的诗配照作品不是最好的，但是这种形式肯定没有问题，值得推广。"郝老师一一亮出自己的观点，坦然而真诚。

"郝老师，我们要给您一万个赞！"活动的最后，在领读诗配照《咸宁四绝》时，夏韵星洋溢着激情。

"这是一个美妙的春夜！"孙和平教授在离开会场时，一脸的温暖。

这一定是个美妙的春夜，与会人员在兴奋与欣喜中，享受了一场别开生面的文化大餐。

记不清哪年哪月在哪里，曾经对着某张照片写过诗，这样的经历许多人会有。如同咸宁市诗词学会副会长罗勇。2014年,他就为朋友的《桂风竹影》摄影集配诗。这些年来,他还经常为自己和友人的手机摄影作品配诗发微信,早就在实践诗配照。

"只是没有用'诗配照'进行总结。"罗会长说。

郝晓光博士的与众不同在于,他在创作诗配照的同时,有思考,有提炼,有总结,并上升到系统理论的层面!更为难得的是,他的系统思考中带有一份文化理想。我认为,虽然坦言自己的诗"不咋地"(实际也有佳作),但是郝老师在诗词、摄影等方面前底气十足,他的底气便是他的理论与理想。

2010年12月,郝晓光创作了第一首诗配照作品。或许,他并不是在照片上写诗的第一人,但是他一定是带着系统思考和文化理想去做的第一人,而这种系统思考和文化理想,赋予了诗配照无穷的活力、张力和影响力。他深度解读了诗配照,丰满了诗配照,也升华了诗配照,他致力于推动一场诗歌史上的革命,让更多的人投入到文化活动中来。这种全新意义上的诗配照,他当数第一。

其实除了鼓掌和期待,我们还可以参与。

柳暗花明又一村

赵昌华

　　"两个黄鹂鸣翠柳,一行白鹭上青天。"黄鹂、翠柳,白鹭、青天,诗人仅用寥寥数字即勾勒出一幅优美的江南春景图。除了诗歌,还有什么语言能有如此强大的艺术魅力。

　　那个时代的中国人,对于诗的情结犹如鱼对于水,上至达官显贵,下至贩夫走卒,无不张口能吟,闭眼能诵。这些流淌在骨子里的爱,铸就了唐宋时代的中国魂。

　　时光飞逝,转眼到了我们的时代。比如我,读到"两岸猿声啼不住,轻舟已过万重山""飞流直下三千尺,疑是银河落九天"时,那种轻快愉悦的感觉立刻溢于言表。读"我自横刀向天笑,去留肝胆两昆仑"时便顿生豪迈,热血流转。读"贫贱夫妻百事哀"时,又觉时事艰辛,生活坎坷。读"衣带渐宽终不悔,为伊消得人憔悴"时,又肝肠百结,为爱痴狂。读"念天地之悠悠,独怆然而涕下"时,顿觉天地之大,人在其间是何等的渺小而又孤独。在读"俱往矣,数风流人物,还看今朝"又不免意气风发,对人生怀着无限的憧憬。我对自己说:你有什么理由不爱诗?

　　但是这只是我。无须怀疑的是,虽然我们的孩子大多在不识字的时候,就会诵读"鹅,鹅,鹅,曲项向天歌"。但是《诗刊》的发行量还是在下跌,当年那种万人参加诗歌会的场景也不复出现。虽然很不情愿,但是我们面对的现实是,诗歌在走向落寞。

　　这样的时候,郝晓光博士提出了一种全新的诗歌创作模式:诗配照,并归纳出"诗配照"的 36 性，给初学作诗者开启了一扇登堂入室的方便之门。

"诗配照"是伴随着手机及其照相功能的诞生而诞生，手机的拍照功能和网络的迅捷传播性，为广大的诗歌爱好者提供了一个绝佳的平台，人们掏出手机就可以随时随地不受条件限制地进行各种艺术创作并迅速在网络空间里发布。

因为没有门槛，只要你能写，想写，敢写，你就是当之无愧的诗人。这也为郝博士"打造一亿诗人"的豪言带来十足的底气。

作为酷爱诗词艺术的我来说，诗配照的横空出世，宛如在寂寥的诗词时期，突遇柳暗花明，自然欢欣鼓舞。

欢欣的同时，我也按捺不住一颗跳动的诗心，在面对滚滚红尘中一切美的事物时，忍不住诗兴大发，创作了一系列浅显易懂的"诗配照"，如新近的《青花瓶》《脚印》《刘家桥掠影》《古渡口》，等等。

脚　印

时光总在不经意间悄然流失，
似乎昨天还在春光灿烂，
转眼便是落叶缤纷。
藕塘里的荷叶一团团地枯卷，
数枝莲蓬孤傲地擎向蓝天，

我幻想着你挽起了裤管赤脚走进藕塘，

一伸手已把岁月攥在掌心。

然而你终究是越走越远，

远得无法看清你的轮廓，

远得无法看清你莲步轻移的俏模样。

好想踏着你的脚印一路前行，

可是风吹尘起，

了了无迹，

我不得不像个醉汉般漫无目的地踉踉跄跄，

纵然脚下的路一坦平阳，

我依然一脚深一脚浅地踩得自己的心生痛。

都说爱和恨同样刻骨铭心，

又有谁分得清是恨多一些还是爱多一些，

或许人生注定要失望多过希望，

但我仍想把最好的留给你一起分享。

即便一生都只能这样遥遥相望，

在我心里，

在我心里，

你早已踩下脚印无数。

那山，那人，那青蒿

一座山有一座山的模样，
一个人有一个人的性情，
只有那遍野的青蒿，
以一种简朴的极致，
演绎成人间素净的致美。

山是一味的端庄肃静，
水是一味的清冽温柔，
因为你，
风也在草木上绰约起舞。
一只蝶如絮般飘过来，
我忍不住把我的心，
放在每一朵盛开的青蒿花上，
假若你没有戴着眼镜，
你随时可以看见我。

青 花

骏马的蹄声还未消失，
一个朝代已掩埋在岁月的烟尘里，
那些尘封的故事，
如泣如诉。

我在等那个一身青花的女子，
从梦中款款而来，
月照回廊，
水波潋滟，
莲影轻摆，
一支烛光洞穿了整个世界，
一声虫吟勾起了万千遐思。

红尘依旧，

明月依旧，

独独不见了那个水袖轻扬的女子。

在如烟的岁月里，

谁将为我轻歌曼舞，

谁会为我折花频频。

如今，

空了的寂寞就让它空在那里吧！

万事皆有定，

我只将一份从容，

一份淡定，

一份矜持，

坚持到日月俱老。

瓶若在，

花若在，

魂若在。

　　"山重水复疑无路，柳暗花明又一村。"诗配照无疑给衰落了的诗歌注入了一股新鲜的血液，使我们的业余生活变得更加充盈而又富有诗意。

　　在此，对所有爱诗和热爱写诗的朋友大喊一声：诗配照，让我们的心和诗一起飞起来。桃李春风一杯酒，喜怒哀乐半载诗。

独乐乐不如众乐乐

符　珉

鸷鸟之不群兮，自前世而固然。

何方圜之能周兮，夫孰异道而相安？

——《离骚》

楚有屈原政见郁郁不得伸，空有一腔爱国忠君的志气不能舒展，抱憾投于汨罗江。

丞相祠堂何处寻，锦官城外柏森森。

映阶碧草自春色，隔叶黄鹂空好音。

三顾频烦天下计，两朝开济老臣心。

出师未捷身先死，长使英雄泪满襟。

——《蜀相》

唐有杜甫因直言进谏被贬而怀才不遇，忧国忧民，眼看家河殆尽，却客死他乡。

结庐在人境，而无车马喧。

问君何能尔？心远地自偏。

采菊东篱下，悠然见南山。

山气日夕佳，飞鸟相与还。

此中有真意，欲辨已忘言。

——《饮酒·其五》

晋有陶渊明厌恶世俗，洁身自好，不愿屈身逢迎，隐士退官，而悠然自得。

从屈原、杜甫、陶渊明等文豪大家身上，我们不难发现，在那个通信闭塞的时代里，处于精英阶层的诗人，他们具有较高的文学素养，较深的文学功底，丰富的生活阅历，深厚的人文情怀，但却往往得不到众人理解，导致他们的孤独、寂寞，难以遇知己。

而当诗人遇上了互联网 2.0 时代的新媒体，其中的化学反应也许是以前的文人墨客万万没想到的。

下图是微信的登录界面：蔚蓝苍穹下，硕大的地球和一个人孤孤单单的背影。

这幅画让我们联想到作家王安忆在《香港的情与爱·卷首语》中所说的一段话："一个人面对着世界，可以与大家携起手，并起肩，共同战斗。而他对着自己的内心，却是孤独的，外人无法给予一点援助，先行者无法给予一点启明，全凭自己去斗争，去摸索……当一个人孤独地与自己作战的时候，几乎所有的人都在孤独地与自己作战。我想，我的文学，就将是为这些个孤独的战场进行艰难而努力的串联与联络，互相提供消息，告诉人们，他们并不是孤独的，整个人类就在他们身后。"

微信这一颇具人文寓意的图标传达出它想要实现的功能，与王安忆所说的文学功用极为相似。与众多新媒体一样，微信对于文学生态最大的意义正在于其传播及传播方式的创新。那么当如今的诗人碰到微信朋友圈这个产物后，诗人的圈子就不再寂寞，就如鱼儿找到活水、蝌蚪找到妈妈一样欢快，诗人找到了"诗配照"。

当对"诗配照"定义的第一人郝晓光老师从微信看到一张来自咸宁供电公司员工边细华英勇跳入水中抢修的图片，作诗一首《保电情》，结果引起众多诗友诗兴大发，一石激起千层浪，用诗来讴歌英雄边细华成为微信朋友圈里的一道亮丽的风景线。

独乐乐不如众乐乐。作品在第一时间被朋友们读到，其影响在传播中不断扩大，微信朋友圈对于诗歌传播的影响已不容忽视。微信所依托的互联网的移动性、互动性、即时性及微信朋友圈所构建的内部交流形式，均使得微信朋友圈在诗歌传播方面独具优势。爱好诗歌的广大文人从此有了千年来难以一聚的大本营，可以在其中对酒当歌、风花雪月。

当然"诗配照"的魅力不仅仅局限于此。

汇金沙
郝晓光

波戈巴塘汇金沙，
雪域藏布溉中华。
安得舆图次第还，
外水内流收藏南。

满城霞光
罗勇

霞染满江红，大桥奔铁龙。
波涛游百舸，黄鹤唱雄风。

无　题
郑安国

骤雨几时收，似愁不肯休。
泉都成泽国，出门可荡舟。

病又吟
昌杰刘

人说正是好春光，我却顽疴居病房。
眼前成就自然色，白衣门外染绿装。
欲言无口被氧罩，云指随心勾衷肠。

在这里，我们能看到科学家郝晓光用"诗配照"来征服藏南，抒发自己的豪情壮志；我们能看到咸宁文人罗勇面对一幅江城照，用大气的笔调表达出的满怀豪情；我们还能看到爱好生活的诗人郑国安在家乡遭遇水灾之时,用手机的抓拍与押韵的文字对当天水灾震撼场景的鲜活展现;我们更能看到民间老艺人刘昌杰在患病入院之时,用一张卧床自拍和富有韵律的打油诗表达对病床外无尽的畅想和战胜病魔的决心。

阳春白雪与下里巴人也能一起狂欢,这就是"诗配照"最大的魅力。在新媒体的国度里,诗人们没有了身份的标签,在这个虚拟世界的背后每一位创作者当然可以有"孔雀东南飞"之风,也可以有民间草根阶层独具匠心的百花齐放,只要你愿意创作就能通过这个简单的视频小窗口去发布你对这个世界的任何感悟。诗歌这种只有那些文学造诣高的阶层才能把玩的瑰宝,由"诗配照"的形式进行放大,它已然由一种小众文艺变为了大众的文化,这种与众人分享的乐趣也正是当下社会所推崇的主流趋势。

> 曰:"独乐乐,与人乐乐,孰乐?"
> 曰:"不若与人。"
> 曰:"与少乐乐,与众乐乐,孰乐?"
> 曰:"不若与众。"
>
> ——《孟子》

独自吟诗,还是与诗友一起吟诗快乐?

肯定是与诗友一道。与少数诗友一道吟诗快乐,还是与芸芸众生一道"诗配照"有趣? 那当然是与大家一起"诗配照"更来得有味道。

从地气中走出个诗配照

如 蓝

"接地气",绝对是生活中使用频率较高的词语。

"说话接点地气。"

"做事接点地气。"

"这人不接地气,不靠谱,离他远点。"

"这事看起来不错,接地气!"

我们常常这样说。

一日,与诗人陈明耀在微信中聊起诗配照,他发来一段话:

> 手机在手,一地气;
>
> 走哪拍哪,二地气;
>
> 随拍随写,三地气;
>
> 随写随发,四地气;
>
> 众亲来和,五地气;
>
> 广为流传,六地气。
>
> 我大笑,这总结,可谓"接地气"。

何为"地气"?《辞海》的解释为"地中之气"。《礼记·月令》中则言:"孟春三月,天气下降,地气升腾。"

噢,所谓"地气",应该是大地中蕴含的养分、灵气与精华的总和。

花草树木的枝繁叶茂是因为"接地气",高楼大厦的直入云端也是因为"接地气"。就连高压电也得安装接地线,方保万无一失。

大地何等宽广,蕴含着无限的气息;大地何等厚重,供给万物生发的能量。如果一种文化形式沾上了"地气",其焕发出的一定是勃勃生机。

20 世纪 80 年代初期,在我国一些城市广场上、河岸边的晨练队伍里,兴起一些富有活力、秩序井然的集体舞。后来,越来越多的大妈、工薪一族走出紧闭的单元门,走向了绿地、广场,在音乐的韵律中,欢快地拉开了步伐,扭动起了腰身。

再后来,随着这种舞蹈如飓风一样席卷大街小巷,"广场舞"一词应运而生。目前,这股飓风早已从城市刮向了农村。

"接地气、近民心"是广场舞的特点,也是其迅猛发展的缘由。

只要音乐响起,只要有个场地,只要会走路,就可以起舞,这在从前是完全不可想象的。你想一个长年围着灶台转的大妈,怎么会随着悠扬的旋律翩翩起舞呢?事实证明,她们做到了,而且兴致盎然。

于是想到陈明耀先生关于"诗配照"的"六地气",只要有个手机,只要随手一拍,诗也可以信手拈来。不要说你从来不曾写诗,不要说你才疏学浅。

接地气的东西一定不是跳起来还摘不到的桃子,而是唾手可得的身边柳,如陈先生所言的"手机在手",不是平民百姓皆可实现的么;再如"走哪拍哪",不是人人可为么。

"随拍随写"虽不是每个人的行为,但是照片勾起的作诗欲望,挣脱格律诗镣铐的束缚,也可称得上"参与者众"呢。微信、微博让"随写随发"成为可能,"广为流传"也便成了情理之中。新媒体的留言功能自然有了"众亲来和"。

诗配照,具备如此众多的地气性,难怪朋友圈每天都有众多诗配照。

青年舞蹈家饶子龙说:广场舞是人们追求美丽和健康的一种信仰,是一个创造幸福的工程。

科学家郝晓光说:诗配照是催生一亿个诗人的摇篮,是提升国民整体素质的文化运动。

拿起话筒想唱歌,是为卡拉 OK;跟着节拍想跳舞,是为广场舞;对着照片想写诗,是为诗配照。

卡拉 OK 厅里走出的，一定是通俗歌手多，跳起广场舞的以民众为主，对着手机照片写诗的一定不都是专业作者。重要的在于，你的心中有了诗情。

比如这首《春意》。

春 意

一枝红杏天外插，
不见白云映枝芽。
有心留恋寒冬雪，
春意扑向你我她。

还有这首《心事》。

心事
七彩莲花美绝世
一滴泪珠藏心事
五十年前去识字
五百年前读宋词

心 事

七彩莲花美绝世，
一滴泪珠藏心事。
五十年前去识字，
五百年前读宋词。

是不是创作起来比较随性，没有太多的讲究呢。

希腊神话中，有一个巨人安泰的故事。他力大无比，只要身体一接触大地，就不可战胜。当他的对手海格立斯发现了这个秘密，把他举在半空中，在断"地气"的那个瞬间，安泰的生命也走到了终点。

所谓"文艺诸气，地气为先"。既然诗配照有了接地气的先天条件，其为中国培养出更多的诗人自然也成为可能。

一种文化的引领

如 蓝

　　不知道是哪天知道的赵本山，也不知从哪天起，每到春晚前期，赵本山是否上春晚成了网络关注的热点，于是我在潜意识里将赵本山与春晚联系在了一起，虽然我并没有认为，看春晚是为了看赵本山，或者春晚根本就离不开赵本山。

　　我是一个嗅觉比较愚钝的人，当赵本山和他的小品、他的弟子红透大江南北的时候，对于赵本山，我也并没有特别的喜欢，也没有格外的反感。总之一打开电视，常常就是赵本山，播什么就看什么，如此而已。即便如此，心头也有一丝隐隐的东西，小沈阳这样文化底蕴不足的人会走多远，能走多远？

　　也就是这样的时候，网络上关于赵本山的舌战已经不可开交。一方认为赵本山小品俗不可耐，靠夸张的模仿弱势群体形象、模仿没有性别界限的二刈子形象、模仿弱智痴呆或者残疾人形象，来吸引观众的眼球，赢得低俗笑声，实在是可怜、可悲、可恨！另一方认为，不管高雅与低俗，大众喜欢的就是好东西。在他们看来，赵本山的小品满足了很大一部分群体的要求，每年春晚被评为最好，赵本山主演的电视剧收视率高，评价好坏的标准就是受众的多少。

　　麻木的我开始了思考，更赞同哪一种说法，我终于有了自己的取向。

　　窃以为，如果大众喜欢的就是好东西，就可以拼命奉上，那么三级片是可以随意播出的。

于是我想到了一个词：引领！

比如对于孩子的教育，孩子喜欢玩电脑游戏，作为家长，也不能让孩子一直坐在电脑前啊！怎么办？有家长选择用书本来吸引孩子，当孩子发现了书中的乐趣，注意力自然有所转移。这便是一种有益的引导，不是么！

小则家庭教育，大则民族文化取向，都需要有益的引导。

诚然，对于赵本山小品的火爆，因为有观众基础，因为有现实背景，因此有存在的空间。但是对于一个国家而言，低俗可以存在，却绝不应该成为文化的主流，这才是问题的本质。所谓文化引领，引领的一定应该是高雅而不是低俗。

于是那种认为萝卜青菜，各有所爱，存在即合理，给观众带来笑声就是好作品的观点，是不是要深思一下。

说了这么多，想到了郝晓光老师的诗配照《梁子湖晨曲》，照片显示的时间为 2010 年 12 月 7 日。

也就是说，早在 2010 年 12 月 7 日，郝老师就开始了诗配照的创作。

他说，创作诗配照正是缘自对低俗小品的抵制。

"用行动而不仅仅是语言来抵制。"郝老师说。

的确，网络上并没有郝老师的帖子，也没有他参与高雅与低俗的论战,他只是默默地在做。

"光说有什么用,你一定要用某种雅的文化方式,让更多人可以参与的文化方式来替代。"

在这个方面,郝老师的确先知先觉,具有更高的文化敏感度和社会责任感。

那么从这样的意义上讲,诗配照是一种有益的文化引领。

事实上,郝老师一直致力于推广诗配照,致力于让更多的人参与到诗配照中来,致力于一种无言的文化引领,这种引领让人肃然起敬,并心生期待。

一花引来百花开

罗 勇

在春雨淅沥的夜晚，参加了在咸宁举办的"诗配照"研讨会，聆听了郝晓光博士关于"诗配照"的演讲。

个人觉得，"诗配照"源于中国古代的"诗配画"。那个时候，每完成一幅山水画，画家都要作诗以表达情怀、展示画意。

时代发展到今天，因为有了摄影技术，中国的文人时有在照片背面题诗的习惯，比如1903年，鲁迅先生在日本求学时，就在自己的半身照片上《自题小像》，表达"我以我血荐轩辕"的志向。到了20世纪60年代，毛泽东也有《为女民兵题照》等作品。此外，郭沫若先生也曾为《毛主席在飞机上工作》的照片题诗一首。

或许郝晓光是受一代伟人的启蒙，且出于高度的文化自觉，与时俱进地创立并积极践行"诗配照"这一新文体。用照片来点燃诗歌的灵感，用诗歌诠释照片的意境，正是有了"诗配照"，使视觉艺术与诗词艺术得到最佳的组合，使摄影作品所表现的意境得到深度挖掘，作者的情感得到抒发，给读者以更多的思考与回味。

诗由心生，由于诗的点缀，使摄影作品的画意得到升华，更具有思想性，恰如锦上添花。

请看南海的《向阳礁》——"五七中学逞英豪，吹沙建岛出奇招。笑看美菲干瞪眼，南海矗立向阳礁。"当我读到第一句时，感到莫名其妙："南海与五七干校何关？"郝晓光解释说：吹海填沙技术的发明者也是当年在五七干校的"向阳少年"。恍然大悟的同时，深深体味着向阳礁的寓意，历史与现实交替出现，展现在我们眼前的不仅是南海波浪中屹立的礁石，更是守卫海疆的战士和建设海疆英雄。

向阳礁
五七中学逞英豪
次沙筑岛出奇招
笑看美菲干瞪眼
南海盈五向阳礁

文化部湖北咸宁向阳湖干校五七中学校友为我国南海建岛做出重要贡献

让我感受尤其深的是，"诗配照"具有的"一花引来百花开、一人赋诗众人和"之特性。

您看这幅航拍的咸宁笔峰塔照片。这座塔重建于清道光年间，"文革"期间，由于文化部在这里创办五七干校，北京六千多名文化人及其家属下放劳动，人们将"笔峰塔"改为"向阳塔"。这也成了郝晓光抹不去的记忆。他在这张照片上配诗："湖干一塔

笔峰塔
湖干一塔响风铃
突兀峰岚影逼青
道光年代得重建
前身是寺还是明

笔峰塔又名向阳塔，首两句的作者
是道光年间咸宁训导胡鳌华

响风铃,突兀峰岚影逼青。道光年代得重建,前身是宋还是明?"作者的思绪随着风铃的响声,跨越历史的天空去追寻宝塔的起源。

而同是"向阳少年"的林阳和诗并感叹:"谁料千年身后事,一朝齐聚众魁星。"作者显然是指向阳湖是特殊年代发生的悲剧,一座塔就像是一个历史的符号。

"一石激起千层浪。"咸宁诗人李云石和弟弟、向阳湖文化研究专家李城外也同为这张照片作诗,一唱一和,共同表达出对历史的反思。

笔者小时候曾多次登上宝塔,也无数次到过向阳湖。如今见到航拍的宝塔,心灵再次受到震撼,情不自禁赋诗两首。

加上另外几位诗人的作品,这一照九诗,堪称笔峰塔"赛诗会"。

窃以为,在当今全民摄影的时代,"诗配照"无疑是一种提升全民文化素质的好方式。也可以这么认为:"诗配照"是随着社会进步应运而生,是一种新生的文化现象,它比单纯的诗更具有审美价值和魅力,也一定会有很强的生命力!

"动手摄影,动脑写诗。"这诗,可以是格律诗词,也可以是散曲;可以是民歌,也叮以是顺口溜,只要能充分表达作者的思想,能拨动读者的心弦,传播正能量,何乐而不为呢?!

让我们以平常的心态,积极参与"诗配照"的创作,构造一个"人人能拍照,个个会写诗"的文化新局面。

诗和远方　当下最走心的风景

如　蓝

　　"按一声快门定格沿途的风景,谱一首诗歌畅想美妙的记忆。倾听内心的声音,感受寂静中的自己。2015,因为有你,所以美丽。一起参与吧,用诗配图讲述属于你的2015。"

　　2015年12月7日,一则诗配图比赛的征稿启事发布在《光明日报》微信公众号上。

　　赛事的成功很快催发《光明日报》第二波行动:2016年2月15日,"诗意·故乡"诗图配创作大赛的通知出现在其公众号中。大赛明确提出,参赛作品重在诗与图的契合,对诗词形式和图片参数没有苛求。

　　仅仅一周的时间,收到作品近900件!惊叹之余,主办方提出了一个问题:为什么诗和远方,成为当下最走心的风景?

　　"诗和远方",近来被微信朋友圈刷爆的名词。

　　据说几年前,高晓松在他出版的一本书中有这样一段话:"从小妈妈告诉我们的许多话里,迄今最真切的一句就是:这世界不止眼前的苟且,还有诗与远方——其实诗就是你心灵的最远处。"

　　新书出版的那阵子,"诗和远方"吸引过无数文青的眼球。到2016年3月,随着高晓松推出他的音乐作品《生活不止眼前的苟且》,随着歌中反复吟唱的"生活不止眼前的苟且,还有诗和远方的田野","诗和远方"再度跃入大众眼球。

　　诚然,"苟且"特指柴米油盐的人间烟火,"诗和远方"则是一种人生理想和向往。

问题在于,为什么人生的理想、向往成了"诗和远方"。

回到《光明日报》的诗图配比赛,火爆的赛事,频出的佳作,把诗歌推向前台,拨动着人们灵魂深处的心弦。无论每天怎样活在苟且中,也没有什么可以剥夺我们对于诗和远方的追求,总会有些情怀在苟且之外,总会是有些惆怅不是因为生活的艰辛,总会有些抒发源于心灵。

记得曾经读过一篇文章,一个贫困大学生,他没有多余的钱参加同学聚餐和娱乐,每当室友们外出,他总是一个人留守在宿舍。有一回,一个同学问他孤独吗,他拿出一个笔记本,让同学欣赏他写下的诗歌,那是大家外出而他一人留守时的杰作。

一个小本,几行诗,让这位学子的心灵不因为贫困而荒芜,反而越发茂盛起来。

比起这位学子,《光明日报》的策划更上一层楼,将诗意与照片关联起来,其结果是照片帮助了诗歌灵感的促发,诗歌的意境又可借助照片来解读,两者的互相补充,相得益彰。

诗配照《向阳月》正是如此。粼粼波光、婆娑树影上,一轮明月高高悬挂,一种宁静之美扑面而来。面对这样的宁静,每个人的思绪一定不一样,比如郝晓光便想到了他的第二故乡咸宁:月圆之夜话向阳,一曲悲歌梦西凉。待到来年团聚日,再闻咸宁桂花香。

向阳月
月圆之夜话向阳
一曲悲歌梦西凉
待到来年团聚日
再闻咸宁桂花香
(摄影:沈宽)

当年,他曾随父母下放地处咸宁向阳湖的文化部五七干校,少年时代的干校生活成为他一生挥之不去的记忆,面对照片上的湖水与月亮,勾起了对咸宁的思念。

与此类同,诗配照《萤火》用同样的手法,表达了作者相同的思绪。

这两个诗配照如此走心,因为其抚慰的不仅仅是作者,更是有类似经历的一代人、一批人,道出了大家共同的心声。

《光明日报》无疑是敏感的、善解人意的,用一场诗配图活动,打开了人们追求诗和远方的精神窗口,演绎了一场时代与文化的美丽邂逅,活动取得成功是必然的。

其实何止《光明日报》,近些年来,类似的赛事一拨接一拨,为朋友的系列照片作诗而后结集出版的佳话也频频传来。就在微信朋友圈,每天都会有多个朋友在创作诗配照,在晒诗配照。晒一组老屋的照片,配上一首写母亲的诗;晒一张风光照,配上一首抒情诗;晒一组故乡傍晚的照片,配一首忆童年的诗……每个风景都有画面作证,每个画面都有诗意升华,每种诗意都满载情感。

在这个节奏快得常常"找不着北"的今天,诗配照如此势不可当地走进我们的生活,在舒缓我们的脚步和情绪时,成为"诗和远方"的具体依托,也成为当下最走心的风景。你不见这道风景正以燎原之势,刮向各色人群!总有一天,会刮得华夏处处有诗韵。

诗歌中的"卡拉OK"

刘玉关

近段时间,一张航拍咸安区向阳湖镇宝塔村的笔峰塔的照片,吸引无数人对咸宁市这座现存最古老、保存最完好、造型最经典、最具人文特色的石塔的关注,更有十余人纷纷为照配诗,例如"或壮烈","或悲情","或唯美","或感慨",高歌低吟中细细流淌着美妙的诗意……这就是"诗配照",一种正渐渐流行于大众的文体,更多在微信中广泛流传,被喻为诗歌中的"卡拉OK"。

湖干一塔响风铃,
突兀峰岚影逼青。
道光年代得重建,
前身是宋还是明?

一纸怎书衰与荣,
沧桑阅尽万千重。
人间总散风云事,
独剩笔峰塔更雄。

远望波澜夕照明,
湖光秀色啭飞莺。

山峦雾气清风里，

一曲渔歌荡水声。

……

"诗配照"并非新形式，却在科技迅猛发展的当下，真正浸入了不少爱诗者、爱摄影者的生活中，人人皆可拍照，人人皆能吟诗，娱乐怡情更提升生活品质。近日，记者走进一群热衷"诗配照"者，他们用诗来吟唱自己的精彩生活，用照来记录自己的美丽世界，用"诗配照"来展现自己的斑斓时光……

"无心"之举，"出版"诗配照专集

年近花甲的罗勇，虽然从事金融工作数十年，但从初中开始便热爱文学，工作后闲暇时间更是热衷写诗作文，著有《田园牧歌》《田园诗情》《向阳湖诗文散记》《笔墨春秋》等多本专著，且诗、书、文作品发表于全国多家报纸和文学杂志。

2013年春节期间，罗勇的发小胡华向他提出一个想法："我计划出一本摄影集，想请你为每幅照片配诗文，让文字诠释照片的诗意，延伸照片的意境。"那时，"诗配照"这一文学形式并未流行，甚至人们还未听说此词，但罗勇还是毫不犹豫地欣然答应了，不仅因为觉得此形式新颖独特，更是因为无数次他都与胡华一起奔跑在山水间，无论山高还是路远，无论酷暑还是严寒。罗勇对胡华拍摄的大量咸宁自然风光和民俗风物的照片了如指掌，有情可抒，有感要发，有境能表。尽管如此，罗勇丝毫不敢懈怠。

一幅照片写上两三首诗备选，一首诗来回修改四五次，一个字推敲无数次……面对胡华精选的二百余张照片，罗勇把全部闲暇时间都用在"诗配照"中，吃饭时边吃边琢磨格律，散步时边走边思考韵律，聚会时与人共同探讨诗境，甚至夜间无数次半梦半醒间灵感来了，爬床起来创作。虽然每幅照片文字不多，可却让罗勇在浩瀚的文字海洋中徜徉了一年多时间，追求最完美的"诗配照"。2014年8月，胡华《桂风竹影》摄影集由中国美术出版总社出版，获得社会的高度评价，其中诗文成了一大亮点。

其实，这并不是罗勇第一次进行"诗配照"。1974年罗勇读高二时，学校举行军事体育项目运动会，他举着一面红旗领跑经过独木桥的画面，被摄影师抓拍到一张照片。为此，他在照片背后配诗一首《为武装急行军题照》。

为武装急行军题照

红旗高擎英气豪，
大步飞跨独木桥。
铁脚不停赛流星，
跨越千嶂哪闲劳？

而此次摄影专集"无心"进行的"诗配照"，也改变了罗勇的生活方式。从那以后，他开始用手机随手拍照，并配上诗文在微信圈里分享，且吸引文友和诗，获得大量点赞。咸宁风光的风韵、日常生活的情趣、行走山水的快意……"诗配照"真正走进了罗勇的生活，一起走进他生活的还有快乐、充实和品质。

何止罗勇，在咸宁有一群人近几年来都在用"诗配照"记录着自己的生活点滴，分享着生活的所见所闻，传递着文学的满满能量。

一"唱"众和，刮起微信圈文学风

在微商迅猛发展的时代，"诗配照"成了微信圈里的"小清新"……

郑安国，是商人也是文化人，从 2012 年开始便使用"诗配照"抒发自己的情感，到 2015 年有意识地坚持每天在微信中创作，从未停止。或社会热点，或日常见闻，或心情故事……在郑安国的"诗配照"中，内容涉及生活的方方面面，且不拘泥于诗句的格律韵律，只求生动形象地表达自己的所思所想，拥有自己独特风格：六字一句，四行一首。

夜间一轮明月高空挂时，拍照赋诗一首。

一轮明月当空，
几位师友碰盅。
夜行晚归自问，

何时再唱大风？

爬山看山外山、山间田时，又拍照赋诗一首。

今日无雨无晴，
天象阴转多云。
友人邀去赤壁，
看山看水看林。

眼见地上近处是一片飘零的落叶，远处是一双双行色匆匆的脚时，再拍照赋诗一首。

街上人来人往，
心中装有梦想。
哪怕一枚落叶，
也想凌风飞翔。

在郑安国的朋友圈里，他每天都用"诗配照"的形式记录着，少则两三首，多则六七首，虽有"打油诗"风格，却真实铺陈生活，把"诗配照"运用到了生活深处，并从中放松自我，获得快乐，结交朋友，提高素养。更为可贵的是，其中不少看似随性的诗作中，融入了作者的哲学思维，颇有老树的影子。

秦凤，咸安一位诗词爱好者，从2014年开始爱上了"诗配照"。与郑安国不同的是，秦凤每次"诗配照"追求格律，追求传神。只有那种让自己怦然心动或能激发灵感的照片，她才会配上诗词一首，且秦凤一直喜欢旧体诗词，特别是长短句形式出现的词。

红衣女子在芦苇地中的一个个靓影而激发出《行香子·在水一方》；摄影友人西北采风拍摄的精美绝伦之片便寄情在《行香子·西北掠影》，白头老人颤颤巍巍行走在街巷深处而衍生出《喝火令·子欲养》……秦凤的"诗配照"讲求意通，不求形似。在她的作品中，蕴藉温暖情怀与委婉细腻，每一幅照片就是一首诗，每一首诗词都是一幅画：或实或虚，美得让人心疼，

行香子·西北掠影

云海长风，黄土连屏，点秋色
与雁接行，千年红柳，不死沙荆。
醉林叮韵，韶甲影，影中情。
兼毛飞絮，胡杨画景，冷沙洲。
无数新明，涤千万寸，光影空灵。
梦那蓝天，郎湖水，那驼铃。

——清风词

情语寓于景语中生发，言尽而意不尽，那种想象的空间任由人凝视着画面而思绪翩然。

"诗配照"，改变着很多人的生活，更活跃着文学的氛围。前段时间，通山一位名叫"白发樵夫"的文友回乡拍了一组有竹海、池塘、农庄、荷花的乡村美景照。一时兴起，他在微信上发照并配了一首诗《竹林风》。

竹林风

竹林迈步沐清风，
树影婆娑六月中。
半亩方塘蛙鼓鼓，
莲花几朵向阳红。

没想到一石激起千层浪，引发近百文友和诗以对，一时刷成了"赛诗会"引爆网络，传为美谈。

其实，通山文友们还建立了"诗配照"微信群，入群者均是文学爱好者或"诗配照"爱好者。经常一文友上传一幅照片，配诗一首，其他文友接连和诗，大家你一言我一语，推敲诗韵，切磋诗技，探讨诗意，热闹不已。

这就是"诗配照"的魅力，这就是文学的魅力。

人人可为，诗歌中的"卡拉 OK"

　　早在 2016 年 4 月，首届"诗配照"研讨会在咸宁举行，市文学界和摄影界专家、学者、爱好者计五十余人参与研讨。"诗配照"推广人郝晓光博士抛出了他心目中"诗配照"的思路和理想：让写诗如同唱卡拉 OK，成为大众性的文化活动。

　　郝晓光博士，现任中科院测量与地球物理研究所研究员。他最大的发明——《系列世界地图》，颠覆了人们看世界地图的方式。

　　2010 年 12 月，郝晓光创作了第一首诗配照作品。诚然，郝晓光并不是在照片上写诗的第一人，但是他一定是带着系统思考和文化理想去做的第一人，而这种系统思考和文化理想，赋予了诗配照无穷的活力、张力和影响力。

　　"普及性、参与性、随意性、文学性、故事性、教育性……"在研讨会上，郝晓光以诗配照作品为例，逐一剖析起"诗配照"的 36 个特性。在讲到"诗配照"的精妙时，郝晓光说：诗，自古以来就有之，唐代诗人的诗现代人几乎不能超越；现代科技如此发达，相机手机随手可拍，可当照片独立存在时，却不能很好地表达摄影者当时的心境，如果把诗和照完美地结合起来，那就是一种新的文化模式。其实，诗配照的魂不是"诗"，也不是"照"，

而是"配",讲究"诗照合一",追求图文并茂、情景交融。

"'诗配照'集唐诗宋词的古韵和现代摄影的精彩于一身,附庸风雅、操作简便、人人可为。""'诗配照'提供了一种陶冶情操、休闲娱乐的创作形式,是馈赠朋友的心灵鸡汤,也是电脑桌面的不二选材。""把诗歌从大雅之堂一下推到了广阔的田间地头以及街头巷尾茶馆酒肆。""诗配照,是提升国人文化修养的爬坡运动。"随着探讨的深入,与会的学者、专家、文友纷纷发表自己的意见,火花四射,激情高涨。最后,大家齐声诵读"诗配照"作品《咸宁四绝》将研讨会推向高潮……

"我个人觉得,'诗配照'源于中国古代的'诗配画'。时代发展到今天,因为有了摄影技术,中国的文人时有在照片背面题诗,比如 1903 年,鲁迅先生在日本求学时,就在自己的半身照片上《自题小像》,表达'我以我血荐轩辕'的志向。到了 20 世纪 60 年代,毛泽东也有《为女民兵题照》等作品。此外,郭沫若先生也曾为《毛主席在飞机上工作》的照片题诗一首。"罗勇认为,郝晓光出于高度的文化自觉,与时俱进地总结推广"诗配照"这一新文体。

"早多年,我也在自己或朋友的照片上这么十过,只是没有像郝博士这么留意做总结和推广。'诗配照'不愧为一种很好的载体和平台,为旧体诗的普及和繁荣找到了一个渠道,是一种现代交友的手段。"市作协副主席金礼山说。

用照片来点燃诗歌的灵感,用诗歌诠释照片的意境,正是有了"诗配照",使视觉艺术与诗词艺术得到最佳的组合,给读者以更多的思考与回味……"诗配照",不仅是一种文化的时尚,更是一种文化的引领。

诗配照里的中国元素

如 蓝

柴 房

卧薪尝胆数风流，
越剑柴房胜吴钩。
夫差香怜西施泪，
勾践姑苏上城楼。

这是郝晓光老师的诗配照作品《柴房》。

单纯看这么一张照片，除了"破败"，还是"破败"，基本上没有多看一眼的欲望。

但是后来我们愿意反复玩味这张照片，只因为照片上多了一首诗。

一首诗，武装起了一张照片的"魂"。

一首诗，把我们拉回到春秋时期。

夫差和勾践的故事，卧薪尝胆的典故，几乎是与生俱来地刻印在了我们的骨子里。只是当一张破败的柴房照片映入你的眼帘,你是否会想起勾践。

郝老师第一时间想到了,并且写了出来。于是我们被打动了。据说这首诗配照同时得到各路大家的嘉许。

纵观郝老师的许多诗配照,无不充满中国元素。

比如《襄江》。

襄 江

大河奔腾万里长,

浩浩荡荡过襄阳。

历史洪流谁执掌,

唯有隆中诸葛亮。

面对一轮朝霞掩映下襄江的照片,我们会想到雄壮和瑰丽,会想到浩渺和气势。郝晓光老师却同时想到了当年的隆中诸葛亮。这轻轻的一扣,便拨动了我们的一根心弦。

没错,又一枚历史元素。

且看另外一首《湘江》。

摄影：邓言芳

湘 江

上穷碧落下穷光，
岳麓流淌七彩江。
润之才饮长沙水，
饮水思源在浏阳。

面对流淌着七彩光的湘江，作者想到了岳麓山，想到了毛泽东和他的家乡浏阳河。岳麓书院，一个古老的名词，那里的"惟楚有材，于斯为盛"，那里的朱熹和曾国藩，以及青年毛泽东的足迹……作者由岳麓山起笔，到浏阳河收尾。整个诗作一气呵成，满满的中国元素，把读者的思绪带到湘江大地上，带回那些峥嵘岁月。

诗配照的源泉是唐诗宋词，唐诗宋词是中国元素中的典型和代表，是我们民族文化的瑰宝。对诗配照的极力推崇，郝晓光老师的骨子里有一股深深的中华文化情结，这种情结也在他的诗配照作品中，不经意地流淌出来，给读者极大的感染力。

认真品读，你是不是因这些元素而有所心动！

一亿个诗人的摇篮

如 蓝

在名为"冰心"的朋友圈读到《染香》后,郝老师毫不掩饰他的喜爱之情,随即便以诗配照的形式制作了出来。

去岁梅痴今又来
红衣疏影两无猜
多情应是卿怜我
花点青丝香染怀

染 香

印红章梅

正月初十，和几个朋友相约共赴东湖赏梅，红梅是当然的主角，因为她是大家眼里公认的"梅痴"。我一贯欣赏红梅的诗才，可以说在古体诗的创作上，她已经达到相当的境界，站到了相当的高度。静下来的时候，细细品读她的诗，的确是上佳的享受。

红梅痴爱梅花，每年外出赏梅是她的"规定动作"，2016 年当然也不例外。她用一首《染香》回报了我们的赏梅之旅，真切地表达了她对于梅花的深情："红衣"是红梅的自称，"疏影"则是梅花，用"两无猜"形容自己和梅花的关系，可谓精准、贴切，也入木三分。接下来的一句"多情应是卿怜我，花点青丝香染怀"，当然是和梅花比起来，红梅倒是被怜悯的弱者，或者说是崇拜者，并由衷感谢梅花给予自己的美好回馈。

一首美丽的诗，配在梅园红红的梅花照上，视觉冲击力扑面而来。

红梅的公众号关注度一直居高不下，并吸引了一些海外的朋友，除了她的诗好，还因为她的每一次推出，均精心配置一组唯美照片，可谓诗情画意，相得益彰。

于是当我在微信中传了红梅的一组东西给郝老师，他大叹："太雅了！"我也曾将郝老师的诗配照传给红梅，以她苏州园林式的细腻、精致的诗风，读了郝老师的诗以后，如我所料的不以为然。

而在红梅之前，对诗词知识近乎为零的我也曾对这些诗配照皱起过眉头，郝老师以一贯的"一剑封喉"云："诗配照，我的肯定不行，但诗配照这个形式，肯定是没问题的。卡拉 OK 出现之前中国的歌唱家只有 100 名，卡拉 OK 出现后中国的'歌唱家'猛增到 13 亿。诗配照出现之前中国的诗人只有 100 名，出现后中国的诗人会猛增到 1 个亿。如果大家都去卡拉 OK 和写诗配照，那么街头暴力会减少 99%。"

接下来是一段郝氏幽默：卡拉 OK 有的人唱得好（比如薛虹），有的人唱得比猪还难听（比如我）。

我大笑！

郝老师风趣幽默，反应极快，言语间有种舍我其谁的气势，自信力"泛滥"却言之有理。让我最为叹服的，是他一眼洞穿事物本质的能力。比如将诗配照比作卡拉 OK，一语中的地诠释了诗配照的价值与意义：诗配照不是高深的，不是难以企及的，而是大众的！

回到红梅身上。这么多年来，红梅一直生活在自己的诗意世界里，很

惊天一现落凡家　美中带刺把手扎　红玫娇艳惹人夸　昙花消失在天涯

红玫昙

摄影：姚玫玫

充实，很纯粹，当然，也不乏孤独和寂寞。懂她的朋友为她点赞，然而有多少人能走进她的内心，毕竟古典诗还是小众的东西。

读红梅的诗，每每随她的情绪感伤，为她诗词中流露出的点点孤独心生怜惜。

于是我想，如果红梅的一些诗以诗配照的形式展现，不仅让诗配照有了更多精品，还让红梅这样纯粹的诗人走向大众，当然，更为未来的一亿个诗人的诞生贡献力量。

这不，《染香》便以诗配照的形式出来了，诗配照又迈出了新的一步，郝老师的欣喜之情溢于言表！

那么我们该期待郝晓光老师这回的"一剑封喉"早日实现，当然，其意思便是早日推出中国的"一亿个诗人"！

修行

诗意地栖居

胡成瑶

每一个独立而丰富的灵魂,都有处可栖。

我一向很崇拜写诗的人,就像一个只会打太祖长拳的人,看着段誉搞个潇洒的凌波微步从面前滑过,心里各种羡慕嫉妒恨。不像写散文,多练多看几年,总能写出点什么,写诗是需要慧根的。柏拉图认为诗人就是神灵附体,是一群被上帝特别眷顾的人。

每当有人看着我说:"你是学中文的吧?"我心里就一激灵,一种不祥之感油然而生,"莫非又要我赋诗一首?"心里直打鼓。果然,"学中文的,来,作首诗呢"。瞬间,我就仿佛被特高压电流击中了一样,面色惨白地说:"这个,我不会啊。"

一个中文系科班出身的人不会写诗,这是心口永远的痛啊!就像一个中医说他不会把脉,一个裁缝说他不会量三围,一个老司机说他不会换挡。

就这样一直默默地痛着,直到有一天,知道了老树,诗原来也可以这样写?!诗原来可以写得如此快活洒脱。

从此,我开始快活地"写诗"了!

第一首是《耍单未遂》,内容是这样的:

耍单未遂

天气日已暖,宝爸忙耍单。

衬衣加外套，自诩赛潘安。

清晨上讲台，女生必狂欢。

将有大雨至，耍单恐受寒。

拙荆百般劝，始将毛衣换。

再过一个月，天天可耍单。

大雨久不至，宝爸狂出汗。

赫然有愠色，勿听妇人言。

从此，一发不可收拾。后来认识了郝晓光博士，听了他的诗配照理论，更是醍醐灌顶，诗歌有各种写法，既可以工整精致如老杜，也可以明白晓畅如王梵志，更可以潇洒不羁如李白。诗配照就是诗歌界的卡拉OK，人人都可以上手。

郝博士这一理论最大的贡献是把诗歌从以前让人望而生畏的王侯家，拽入平常百姓家。

day6
万物静默如迷，湖边凉风习习。
绣球石榴凌霄，每朵都很美好。
最喜晨光痴缠，此情今生未了。

我们生活在一个幸运的时代,人人都有手机,人人都可以做摄影师,现在有诗配照,人人皆可为诗人。

周末的清晨,我可以在东湖里漫步两个小时,走走拍拍,最后在苍柏园找个凳子坐下来,面对天光云影,开始为图片配诗,是我人生一大乐事。

工作强度大、压力大时,从生活中取材一两件趣事,凑几个韵脚,顿时身轻如燕、神清气爽。

几个好友自驾出去游山玩水,边走边拍,回来坐在电脑前,开始"写诗",写一段发一段过去,电脑那边的她们笑得花枝乱颤,这些轻松的文字为我们的岁月镀了金。

最好玩的是每次诗配照之后发在朋友圈,引来一阵狂赞,还有人用我的韵,续写下去,真是其乐融融。

我"写诗"的原则就是好玩、快活、有趣。生活嘛,那么愁眉苦脸干嘛?得自己去找乐子,创造诗意。

所以家里的蓬头稚子入了诗,为了好看冻出鼻涕泡也入了诗,早上赖床不想起来跑步也入了诗,用人民群众的话说,那是相当接地气啊!

比如这首,冻出鼻涕泡的。

胡编

为了拍美照,衣服穿得少。
细雨加狂风,冻得嗷嗷叫。
光着两小腿,鼓个鼻涕泡。
找到下榻处,裹被神出窍。
干唤不一回,赖床学蚕宝。
掀被哄下床,觅食最紧要。
裹被暖皮毛,还需热汤浇。
一碗热汤面,换我开颜笑。
僵虫方展足,枯木始招摇。
时尚本不易,还得身体好。
最终结论:出门不带厚衣服和裤子的人哭了!活该!

还有东湖早上快走的成果，记得当时蹲在一把长椅上，凑韵脚凑得不亦乐乎，被虫子咬了满腿的包，旁边有早锻炼的老太太很同情地盯着我的腿，"人不堪其忧，回也不改其乐"。

胡编

早！
出门东去，路遇三人。黄衫紫袜，堪比高更。
尾缀其后，闷不做声。三人狂奔，我亦紧跟。
挥汗如雨，无奈脚疼。新鞋初穿，如踩芒针。
湖边一男，水草中蹲。静候鱼儿，他心如灯。
菡萏花开，水中亭亭。有花如云，匪我思存。
面向东湖，捡个长凳。凑个韵脚，恍然出神。
天光云影，咿呀桨声。燕子坞前，莫非前身？

凑完韵脚，回家去也！
愿你的生活永远有诗意！哪怕是首打油诗！

还有这首，文艺娘畏数学如蛇蝎，偏生家中蓬头稚子爱数独，一下子勾起我高中学数学的痛苦回忆，有没有感受到一个"恐数症"患者浓浓的忧愁？

我畏数学如蛇蝎，吾儿视之如甘洌。

按肩揿头始识字，一做数学不停歇。

访友方知有数独，舅舅推荐门萨书。

回家打开某宝网，挑个数独娘付账。

一日电话三问娘，目前数独在何方？

只恨快递走得慢，心如百蚁满锅转。

不类为娘爱文艺，他独醉心数学题。

数学风情我不解，当年高考要吐血。

老师见我绕道跑，奈何天生不开窍。

所幸大学学中文，从此数学是路人。

如若明日数独到，吾儿必定心欣然。

数独最宜杀时间，为娘有暇读侦探。

文艺妈带理工男，各有事忙两心安。

　　生活必须有诗意，才值得一过。诗意就存在于我们的一粥一饭一朝一夕之中，需要我们自己去创造，去发现，去经营。

　　我猜，这才是郝博士的诗配照理论的核心和真正要义吧！

工作生活皆入诗

唐丹玲

孤芳

天生丽质头轻扬
疾风骤雨当自强
何来白马身亭过
采得独秀贵孤芳

小盆景安家时正值秋天，气候干燥，又恰逢出差多天没浇水，回来发现小盆景叶子全掉了，几乎干死，好心痛！

赶紧浇水补救，几天的悉心呵护，小盆景又有了生机，终于开出了一朵白色小花，展示出生命之娇美！

欣慰中，赶紧拍个写真，小心剪裁、装裱一下，轻轻挂在手机上。

郝博士很快留言："太棒了！像吴昌硕！快加个篆章！"

我随即请他出马，配上小诗。

一会儿的工夫，收到《孤芳》。

孤 芳

天生丽质头轻扬，

疾风骤雨当自强，

何来白马身旁过，

采得独秀赏孤芳。

我的第一个活的艺术品《孤芳》就这样诞生了。中国的盆景"福建茶"，中国的国画"吴昌硕"，中国的篆刻"梦廊"，还有中国的"郝氏诗配照"……

诗配照，把生活中不起眼的点滴融入诗情画意，给了平淡以色彩。

《孤芳》发出来之后，才得知其创作过程。那天下午，郝博士正开车赶往一学院讲学。遇第一个红灯的时候，看到我在微信索诗；遇第二个红灯的时候，他写出了诗；第三个红灯亮起来，他将诗配照制作出来；遇第四个红灯，他发出了诗配照；到了第五个红灯，他则与诗友们在群里乐开了怀！

五灯成诗！再零散的时间，也可以挤出许多的干货！再平淡的生活，因为诗配照，亦能泛起艺术的涟漪。

2016 年 12 月，我访问 GISTDA（泰国地理信息与空间技术发展局），SrirachaChonburi 空间中心，由于平时习惯于拍些工作照，记录"时间飞过"的印记，这次也顺手拍了一张与地球的合影。结果引起朋友们的兴趣，大家有感而发，成就了多幅"工作诗配照"。

引 力

晓光

地球产生引力波，

玲子倒悬不滑落。

有幸牛顿著原理，

可惜张衡浑天说。

附引力

啟林

地球涟漪有引力，

玲子遨游云海移。

牛顿学说乔布斯，

张衡早有地动仪。

看照片偶得
如林

玲子轻拂地球转，
妙姿婆娑胜嫦娥。
俯瞰天宫又一景，
雄狮发声谁敢和。

蝶仙恋
立忠

愿乘彩云去，
惟恋银汉深。
梦依浩瀚琼，
胜却玉露中。

引 力
新萍

月恋地球为旋绕，
玲恋地球探奥妙。
科技高峰勇攀登，
任凭球转甩不掉。

感 悟
哲学

亲吻了大海，
又亲吻月球，

你不是嫦娥，

又胜似嫦娥，

那不是桂花酒，

却胜似桂花酒。

事事圆

文莉

玲玲异国觅灵感，

天文馆里设备全。

岂容倒栽葱发生，

爱若无缺事事圆。

　　一照七诗！我想，这是科学奥秘吸引你，产生的引力，也是球儿转动中人球未分离的引力。其实，这正是"诗配照"的引力！

　　工作照，无非出海、开会、访问、做实验，这些照片可能平淡无亮点，可能枯燥无味，但是配上好诗，成为"工作诗配照"，立即能扩展照片的内涵与外延，使科学与文学、艺术结合，使自然科学与社会科学相结合，还能与朋友分享工作乐趣，增加"生命的四维"！

　　从一照七诗，联想到上次的五灯成诗，可谓生活工作皆可入诗。当生活、工作点缀上诗歌，平凡与紧张便笼罩起舒缓与优雅。

　　我喜欢这样的诗情画意！

桃花烙

张 静

更多时刻，不是我写了诗歌，而是诗歌写就了我，给了我更多。因为诗歌的怜惜，诗歌给予的柔软，虽然岁月在增，竟感觉自己越来越美丽起来。这不能不说是诗歌的浸染，文字的温润和塑就。

比如这首《桃花烙》，当我置身于这片桃花林，分明便是桃花抒发着我。

桃花烙

是桃花引爆三月，

还是三月在桃花里燃烧？

春风里孕育生出，
你使孤独呈现红色、粉色，
你将火在寂寞的眼里点燃。

有桃花梦在山顶、凹地乱飞，
更有一大片隐在屋后，
引得那些欢喜的眼。

从这山绕过那弯，
从房前穿过屋后。

当心灵律动时，用诗歌留存。于是当一幅白玉兰的照片印入我的眼帘，诗歌瞬间照亮了我。我不写出来，对不起诗歌，对不起这纯粹的照片。

白玉兰

几株白玉兰白在屋后，
它的美高过房屋，
春风里，正同整个世界热烈交谈。

对于春天的这次绽放，
它们倾尽所有，

每一枝花都掏空了自己，
向天空、向时光、向旷野，
将自己擦亮。

可，当花瓣一瓣一瓣落下，
砸向大地，
大地微微颤抖，
整个春天都在喊痛。

后来我知道，这些作品叫诗配照。花草、树木、旷野，春华秋月，皆成照片，皆入我的眼帘。很快，这些照片便与我体内某些物质暗合、相撞，或者说唤醒了体内久睡的元素，因为心的过滤，发酵成为你看到的文字，成为我活着的证据和另一种方式。

你看面对这轮圆月，我如何可以无动于衷？

今夜有月

从唐诗、宋词升起的，
从宋词的上阕到下阕，
从远古穿越到今的那枚月，
将在八月的夜晚将整个世界喊醒。

他将用清露薄雾，
布置旷野村庄房屋。

院内的桂树，
重新生育。

还是这枚月，
从诗人的笔端，
来到妇人的眉头胸口，
打湿了谁的床笫。

一枚月亮，
来到人间，
沿古井口上升，
将自己停在院内，
水杉树上。

    我是那个会和诗歌一直在一起的人，我也是那个热爱用照片定格时光的人。因为诗配照，诗意在我生活过的每个路口经过，以后必将经过我的每个场景。我不后悔选择诗歌作为我的天上人间，因为那里，住着我的灵魂。

打 开

用了菊花的蕊,万顷的碧波,
奇怪于你打开的方式,
千亩的黄,百十里的紫,
成吨的赤橙黄绿青,
你用软,进入软。

最使这视野开阔的风,
从这个山坡到那个转弯,
安阳养育的这些风从恒山底部,
沿斜坡上来,挟携菊花的味道,
将你侵袭。

你可低头嗅、远眺、近触,
你都在其间,花里。

九月的阳光刚好,
恒山正适宜。

于是你酥了、醉了,
在对面山坳白桦树微黄的眩晕里,
在安阳绿谷这九千亩的秋歌里,
一寸寸剥离,
你一望无际的忧伤得以治愈,
得以安放。

只 有

只有知了寂静整个山洼,
只有几只蜜蜂绕着房梁唱着旧曲,

只有阳光掌管这些山坡、凹地，
只有一栋房屋坐落在山洼，
安排一些野草看护院落，
只有桃树、橘树、枇杷树作为村民，
或是庄主将整个山地守卫，
只有两个人，几句寥落的话。

没有风来放牧，汉江河的蓝，
在抬眼之际，
还有的，一定是我内心，
向往的……

双城记　两地花

刘　陈

　　中秋方过，明月依旧皎皎，提着食盒，站在浦东一侧的江滩边，居高临下地看着黄浦江中的一轮银镜，突然觉得神情有些恍惚。仿佛自己立于武汉的汉江边上，赏着一轮倒影中的高月。黄浦江上，灯船七八梭，来回穿行，我却只爱江心的皎月，幽暗的江汉，此刻似乎要更胜上一筹吧。灯船划破月影三四回，却布满男女们明灭的笑声，让人品出繁华中的冷清，冷清中的热意，却是相得益彰了。我顿时超脱，正是千江水映千江月，人生何处不飞花，不必执着。

　　家在上海，工作单位却在武汉，便免不了在两地奔走，常常上午尚在武汉上班，下午却披星戴月，走在繁花似锦的上海街道旁，难免有些比较之意。上海的地势偏低，走在浦东干净的街道上，公共汽车开过时，地会动，似乎底下的淤泥，压了二三十年了，还没有结实，提醒着我，这是一座新建的城市，是百年风云的集合地，是中国工业的重镇，有些像中国的工业文明的母机。上海两侧的绿化确实比武汉好，武汉的东湖梨园、解放公园等景点，每逢节假日，才摆出花团锦簇的风景，上海总是时时有的。草木于上海，似乎也生长得比武汉争气，占满了所有的空间。比起上海来，武汉总是有些淡淡的枯疏。

　　第二天，早起，风从海上来，阳光灿烂。秋光好，便去世纪公园玩耍，世纪公园是在上海中心城区依着原生态的湿地湖泊建的，有些像武汉东湖梨园边的梅岭，最多的也是梅花。武汉梅岭上，有着依着高下相形的山势，散放的梅花。世纪公园的梅花，也在高起的山背上。二者真的很像，或许，只有我这样两地生活的人才有此种感受，不信，看看下图。

　　春节的时候，上海世纪公园的梅花，也是野趣横生。

野　梅

沁雪凝满树，
春意闹轻枝。
怒放君莫妒，
一年当此时。

　　武汉的梅花则是要古朴得多。诗曰：

岭　梅

老树开新花，
冷香绕岭回。
东皇留影处，
春颜满山归。

　　眼下不是梅花开放的季节，于是全家人高处下行，就到了一片野湖围成的大塘，里面开着荷叶，与出水很高，绿中偏黑的老莲蓬，能让人品出东湖梨园的藕池野趣来，但湖中的鱼，不像东湖里的黑背鲫鱼，是一种青色，指头长的贼精的鱼，特点就是：倏忽。

　　我笑着，说了一诗！

申 花

申城荷花别样开，

桃腮映日淡妆来。

西风淡穿莲下叶，

不忘青帝昔年栽。

大家笑着说，这地真像武汉，这样的话说过十多次了，还要说！

"再来一首武汉东湖梨园的荷花诗！"家人们起哄，我想起了毛泽东主席的"不爱红装爱武装"。东湖的荷花是有武气的。吟出：

红 荷

碧潭芙渠近含远，

怒焰朵朵跃青莲。

朱碑烈气染千朵，

恰是朝霞开满园。

"马马虎虎""勉勉强强""不够工整"！评论似蜻蜓，只在我心中留下一点点的涟漪。

"民国时，中国只有两个大城市，一个是大汉口，一个是大上海；上海的淮海路，与武汉的江汉路，格局酷似孪生兄弟，都洋溢着海派文明的气息。"我趁机转移话题。

要吃中饭了，一江之隔，我们去了浦西的豫园，吃汤包，中途经过了一大堆海洋味的领事馆，却又绕行了城隍庙，还经过了瑞金医院，途中参观了周恩来的旧居。各种文化的元素，如洒布的七彩珍珠，如此和谐，这是开放的上海人的本事。

等到真吃了，孩子却觉得蟹粉小笼不如武汉四季美的汤包。我又说了个面窝与热干面,顿时,家人们想起了武汉户部巷的早点。武汉的过早,蛮过瘾,大家均这么认为。

吃完饭,走在浦西的街上,走到静安寺时,却又让人想起了归元寺,同样的香火如炽,老上海人是喜欢居住在浦西的,急促的上海话,让人怀疑是不是源自东夷人的鸟语。说实话,我们这些居于浦东的人,是无法走进真正老上海的生活的,就像有人戏言,武昌人,走不进汉口人的世界里。要不然池莉的汉味小说,为什么让武昌人看得是津津有味?但立足于这块土地,得了这块地的地气,我们也是上海人了。

天上,又是一轮满月,十七的月亮竟然比十六的更圆,这一切是不是留恋让人使然?秋虫还处在最美好的时节,在呢喃复呢喃。昏黄的灯光,特意照着斑驳的法国梧桐,让人似乎从上海租界,走回了汉口租界。

小儿问我,武汉好,还是上海好? 我捏捏掌心的小手说,在上海时,我居住在武汉的韵味里;在武汉时,我流连在上海的灯影里。

回到武汉后,如蓝找我约稿,我方知,原来我做的几首小诗,称作诗配照。不经意间,我把我的双城印象,融入了一种新的表达模式。

一代天骄

李云石

一代天骄

当身高长到了第十八个骨节，
你就用独立完成了对人的宣誓；
当召唤沸腾了你通身的血液，
你就用担当自戕了懵懂的愤青。

把父老装在了心中，
你才知道成熟有多么的沉甸；
把祖国背在了肩上，
你才咬牙挺起了民族的脊梁。

涨吧，洪水！
就是淹没了钓鱼岛，
你也要潜入水底把它捞起。

决吧，长堤！
就是涌垮了南海岸，
你也会把海疆的九段线守牢。

风餐露宿，
市民的惶恐泡皱了脚板，
毅然赴险，
壮士的情怀拍熟了睡姿，
九八，汶川，
你随浪随烟含笑而去，
而今荆楚，到处又有了你的容颜。

一代天骄，
曾随成吉思汗开疆拓土；
一代天骄，
又在守护安宁保卫尊严。
且看你那满身的泥浆满脸的倦意，
那才是真爱的颜骨，青春的营养。

当诗配照遭遇家国情怀

如 蓝

抵达通山县城的时候是早上八点多,郝老师从车里取出蛋糕,是为早餐。

"既如此,何不尝尝特色的通山早点。"同行的通山文友冰心说。

"见李云石先生哪能酒足饭饱的样子。"郝老师摆摆手,车继续向前开。

实际上,获知郝老师早上六时就会从武汉出发,我就准备给他带早点,他回复:"吃过了!"哪知他的"吃过了"就是用这样简单的应付。

原来,面见李云石先生,郝老师是如此的虔诚!

只是,李云石,何许人?

在鄂南咸宁,人们喜称他师(诗)者。

所谓师者,不仅指他曾经做过语文老师,同时指他在担任《通山报》社长十年以及其后的岁月里,培养和影响了一大批本地作者,为物质贫瘠的小县城插上文艺的翅膀。直到今天,通山不仅文化兴旺发达,氛围也和谐融洽,很重要一个原因,是因为大家有一个共同的师者李云石。

所谓诗者,当然指他至少在鄂南诗坛的地位,特别是其在古体诗上的造诣,让人望尘莫及。

拜访如此贤者,郝老师表现出别样的虔诚。

离开县城后,车沿着乡村公路蜿蜒前行,一路的秀美,一路的轻快,伴随一路心头的神秘。这神秘感来自一个叫仙农山的地名,如今,退休后的云石舅舅(有幸作为外甥与他交往)隐居此山,筹建农庄,连春节也是一个人留守山里,真想见识一下他的"世外桃源"呢。

车终于向左拐去,沿着山坡爬行。远远地,云石舅舅迎了出来。没错,我们到了!

还是那样的清瘦,还是那样的儒雅,不同的是,这一回,从山间小屋走出来的云石舅舅,让我们想到了一个词:仙风道骨。

"是时候了,先生该出山了!"当云石舅舅握住郝老师的手,郝老师意味深长地说了一句话。

此时,听闻山庄有客人远道到访,云石舅舅几位学生赶来,热邀大家同去采摘山果,品农家菜。

深知郝老师百忙中驱车赶来仙农山,因为慕名云石舅舅的诗才品德,欲请他出手助力诗配照的推广,如果前去采摘野果吃农家菜,岂不可惜。

"让李先生选择,我们听他的。"一旁的郝老师倒是淡定。

真可谓心有灵犀一点通,一番交流后,云石舅舅让学生们回去,意思当然明了:他要深晤郝老师。

"吃什么农家饭嘛!"这是郝老师对云石舅舅决定的第一回应,我也终于松了一口气。

仙农山刚经历了水灾火灾,郝老师选择此刻前来,也算带来一份慰藉。站在废墟上,郝老师突然变得"兴致勃勃":来一张照片,一定要照出我幸灾乐祸的样子。接下来是一句:不烧干净,哪能涅槃重生呢!

一旁的我暗自为郝老师的幽默和智慧叹服。

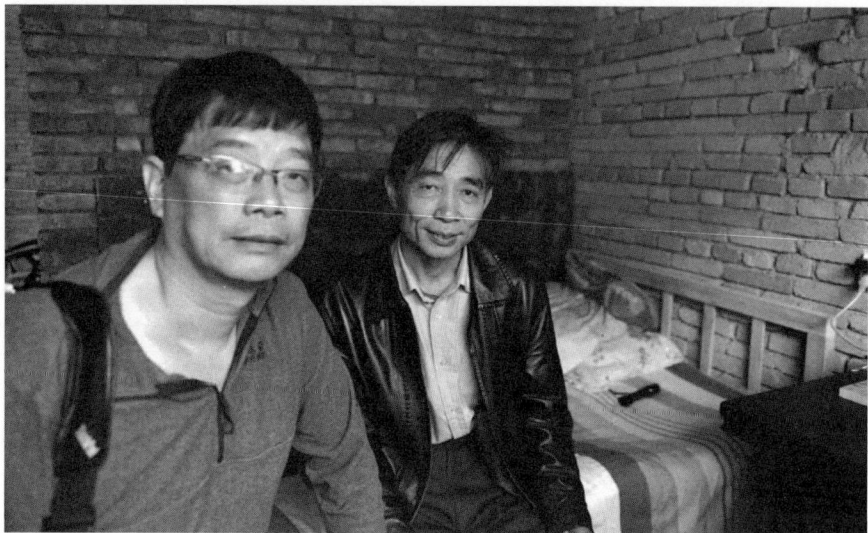

回到小屋，言归正传。郝老师对着电脑，向云石舅舅讲述自己的诗配照思想："比如卡拉 OK，你唱得好，我唱得差，这都不要紧，要紧的是，我们都在从事文化活动，都没有时间去做坏事。诗配照如诗歌领域的卡拉 OK，这种模式看起来简单，实则可以把唐诗宋词的古韵推向更多的人群，而手机照相功能的诞生为诗配照的普及提供了可能，为催生一亿个中国诗人提供了条件……"在郝老师的娓娓道来中，云石舅舅紧紧握住他的手："这是一项国人文化和修养的爬坡运动，需要千千万万的人来参与，我们该担当，也要担当！"

以天下为己任的人，总是如此相见恨晚。

记得春天的时候，我将"我有一壶酒，足以慰风尘"发云石舅舅，请他接下句。那时，他尚不知已经有万人在网上参与这场诗会，他在几分钟的时间内发来答案，让我窃喜了好一阵子。

不久，他在微信中坦言：自己误入华夏百万人试笔，千万人拉阵的"续诗"行列。随后说："文化兴邦业，诗心净国魂，此举可助。"云石舅舅诗心与情怀可见一斑。

于是他与郝老师的一见如故显得如此顺理成章。既然有"文化兴邦业、诗心净国魂"的情结，云石舅舅愿做战地记者也更顺理成章。

这样的顺理成章中，我想起郝老师的几首诗配照。

比如《万古愁》。

2011年骑行川藏线，到达林芝通麦温泉

万古愁

北斗藏南话春秋，
不到黄河誓不休。
欲借通麦温泉水，
一解心中万古愁。

2011年，郝老师骑行川藏线，到达林芝通麦温泉，望着被印度非法占领的中国领土藏南地区，悲愤之余，写一了这首诗。

又如《金东曲》。

摘影 王洄

参阅《中国国家地理》2015年第11期"金东曲的源头是雪山博沙拉"

金东曲
博沙拉上冰雪融
四水倾泻汇金东
泪光所到妖魔散
麦克马洪退山中

金东曲

博沙拉上冰雪融，
四水倾泻汇金东。
阳光所到妖魔散，
麦克马洪退山中。

再如《雁南飞》。

麒麟阁里众望归
高风亮节扬千古
子卿遥望雁南飞
北海牧羊家不回
雁南飞

摄影：王阳

雁南飞

北海牧羊家不回，
子卿遥望雁南飞。
高风亮节扬千古，
麒麟阁里众望归。

面对一群大雁穿越雪山南飞的照片，作者很自然地想到了西汉时代的苏武，想到了苏武牧羊的往事，心中升腾起一股悲壮激越之情。

最让人欲罢不能的，一定是家国情怀！

从张骞、苏武到陆游、文天祥，从戚继光到王甲本，因为把国家刻到骨子里，为我们世世代代所纪念。

据说欧洲人到近代才越来越有"国家"概念，才突然明白，噢，原来我们是一个国家的人。比起欧洲，中华文明中自然多了一份为时更长也更厚重的家国文化，习武者保家卫国，为文者鞠躬尽瘁，成为一代又一代的美传。

时光定格在了 2016 年 4 月 29 日，在一个叫仙农山的简陋农舍，有了一场以诗配照为载体、以家国情怀为主题的交流，这场交流的主人公，是现代中国的两个知识分子。

最让人欲罢不能的，真的就是家国情怀。

苏武的永垂不朽中，有茫茫雪山的冰寒，有万里故乡路的凄凉，更有他手持的汉节。这节杖一挥出，便是两千多年来国人心头挥之不去的悲壮和敬仰。

陆游的流芳百世里，有"但悲不见九州同"的痛楚，有"尚思为国戍轮台"的壮志。那支笔一书写，便是一千余年来，书不完的国恨家仇。

峥嵘岁月，竟显英雄本色。和平环境，更显忧国忧民之可贵。比如郝晓光和李云石，当他们携手诗配照，诗配照便不仅仅是风花雪月，而同时关乎自己的祖国和人民的文化运动。

唯有家国情怀，可以让人一拍即合。也唯有家国情怀，赋予诗配照"运动"含义而绝非"活动"。

原来"诗配照"的祖师爷是"暮色苍茫……"

如　蓝

2013 年 11 月 16 日,北京伯豪瑞廷酒店,"华辰秋拍"影像专场拍卖会正酣。当编号为 Lot.843 的摄影作品《庐山仙人洞》登场时,场内所有人屏住了呼吸。

1 万元起拍后,场内几拨藏家轮番竞价,拉锯战打了近 10 分钟,最终以 34 万元落槌,远远超出 1.5 万元至 2 万元的预估价。

这是一幅什么样的风景照?

让我们把时光推回到 20 世纪 60 年代初,因为毛泽东主席看到了这幅照片,十分喜欢,专门为其赋诗一首:"暮色苍茫看劲松,乱云飞渡仍从容。天生一个仙人洞,无限风光在险峰。"

因为毛泽东主席的诗作,庐山仙人洞名满天下。据说从 1966 年开始,每天都有红卫兵排着长队来到仙人洞,还特意到"劲松"前留影。留完影

后,有人又拔下几根"劲松"的松针带走,作为留念。于是乎,"劲松"终于发黄至奄奄一息,工作人员挑来黄土精心呵护,到第二年,"劲松"奇迹般地返青。

毛泽东主席喜爱这张照片,一定是照片表现出来的某种东西打动了他,这种东西是什么呢?没错,是乱云和深涧兼具的画面,是苍劲和镇定合一的风格。

照片从仙人洞前的石护栏角度取景,远望西北方的锦绣峰,上方有古松的疏影,左下方为锦绣峰白鹿升仙台及御碑亭,中间的大片空间则是黄昏时分天幕上阴暗的云层。所有这些,多么契合毛泽东当年的心境。

20世纪60年代初的中国,经济形势到了十分严峻的地步,政治上也面临着巨大的国际压力。通过为这张照片题诗,展现毛泽东主席直面困难、不畏艰险、敢于胜利的壮志雄心。

因为一张照片引发一首经典诗作,毛泽东主席开启了诗配照的先河。而且因为这一次成功的诗配照,直到今天,庐山仙人洞依然游人如织,游客们也依然要在"劲松"前留影。

记得郝老师曾说,诗配照的核心在一个"配"字,即用诗的形式诠释照片的内涵。

显然,面对同样的照片,不同的人有不同的解读,不同的环境也会有不同的解读。

一幅庐山风景照,因为特殊的历史背景诞生了一首《七绝》,赋予了其深刻内涵。

而两幅比较大众化的普通银杏照片,因为郝老师角度新颖的解读,顿时有了故事感,有了趣味性和哲理性。读者在诗的启发下,无疑有了仔细端详照片的兴致。

一直以来,我很欣赏郝老师做学问的态度,比如在绘制咸宁向阳湖五七干校地图时,为了一个胡黄张村的地名,他独自从武汉到胡黄张5次。在微信中,我"表扬"郝老师说:有些人不学无术如同丝瓜,越到后来越空,郝老师这样孜孜不倦的人如南瓜,会越来越香甜。郝老师云:南瓜!又大又傻又面! 我忍不住再度大笑!

我的妙趣"诗配照"生活

郑安国

2016 年夏天的一个平常日子,李云石老师打电话给我,说是几位作家朋友去他的仙农山探访,嘱我一定要去。于是见到了女作家谌胜蓝。交谈中,她热心地推介郝晓光先生的"诗配照",并引我在网上浏览郝先生的作品,使我深受启发。"诗配照"作为一种文学创作新的体例,郝先生不仅积极创作并先后在互联网等媒体上发表了不少作品,更是从理论上对"诗配照"进行阐发和总结,认为"诗配照"具有普及性、参与性、文学性、教育性等诸多特性,并提出要积极推广使之成为一种大众创作且喜闻乐见的新文体。没想到,我每天在微信上推出的老树式的"六字四句",竟与郝先生提出的"诗配照"不谋而合。

作为一个崇尚平淡日子的人,我觉得生活家这个词是很美好的。如何定义生活家?我个人的理解是懂生活的人。从理论上分析,这是个生活方式问题,所以就成了一个内容相当广泛的概念,它包括人们的衣、食、住、行、劳动工作、休息娱乐、社会交往、待人接物等物质生活和精神生活的价值观、道德观、审美观。基于此,我终于对生活家有了通俗且感性的认识,他应该是尊重生活,并会生活,甚至是有些诗意的人。

有诗意的生活应该是有滋有味的了,还是从 2016 年的春节开始说起吧。过年本是热闹快乐的,我却身体不适,连日食不甘味、夜不能寐。家人很是关切,为了不影响他们,我即兴写下两首诗博他们一乐:"乡亲点着爆竹,我却连夜咳嗽。这个春节特别,瘦了五斤肥肉。""春节说话最甜,逢人拱手拜年。小孩最是高兴,吃饱穿好要钱。"除夕夜,看春晚一直是我的习惯。把吃的喝的备好,8点钟准时候在电视机前,一直到晚会结束。我对每年的春晚都充满期待,但2016年的春晚让人失望。于是我写下了"春晚是个姑娘,整年躲在闺房。除夕掀开盖头,原来没啥名堂。"许多朋友在微信里留言说,也有同感。

春晚是个姑娘,
整年躲在闺房。
除夕掀开盖头,
原来没啥名堂。

15<small>3月</small>

春光依然如昨,
闲坐阳台看书。
偶有鸟儿飞过……

先陪老婆检查,
打算明天生娃。
男女虽都一样……

14<small>3月</small>

没空上山看花,
只因家中有她。
这个春天罢了……

13<small>3月</small>

一夜难眠起早,
何必那多烦恼。
不如伺花弄草……

12 3月

新屋还在打扫，
兄弟两个来了。
于是开酒一瓶……

共3张

面目日渐衰老，
时常扮个小丑。
人间百态这样……

　　春节一过，情人节接踵而至。晚上陪家人上街，感受过洋节的气氛。商场、餐厅到处是红男绿女，在等餐的间歇，心生感触："有人说着情话，有人送着鲜花，有人单着玩耍，有人想着她他。"有网友便开玩笑问我是哪种？我笑而不答，由他们去猜。这感觉挺好，便有些意味了。

　　正月半在农村是很重要的节日，我带着一小家子回到乡下隐水。这个连地名都透出一股浓浓诗意的村庄，有着丰富的山林景致和复杂的地貌。国家4A级景区——隐水洞地质公园就在村口，村中两条清溪如练飘拂，择石而坐，微风拂面，极目远眺，心旷神怡。便写下了："两溪合注其中，岁月雕凿此洞。千古一村隐水，她是我的故乡。"到了晚上，万家灯火，父母准备了丰盛食物，又有传统的玩龙灯活动，一家人其乐融融，又心生感叹："今天是正月半，又有龙灯可看。吃了一碗汤圆，事儿接着去干。"一年之计在于春，春天里，也许大家都有很多的活要去干。

两溪合注其中，
岁月雕凿此洞。
千古一村隐水，
她是我的故乡。

　　一元复始，大地回春。春天是很美好的，她是万物复苏的季节，是温暖的开始。我最喜欢去山里、到溪边、站花下、在树前，感受春天的芬芳和气息。"春风吹过山冈，溪水唱着流淌。闲折野花几枝，马上就要瞎忙。""桃花静悄绽放,蜜蜂殷勤歌唱。山沟叮当淌水,小村春情荡漾。"油菜花开时,"黄色铺满山冈,蜜蜂来回嗡嗡,几时再去看花,约定可记心中?"倒春寒时,"仿佛一夜回冬,又闻春雷轰隆。小河开始涨水,偶尔课件小虫"。风和日丽时,"那天山上看花,有鸟栖在枝丫,见到我近面前,它们叽叽喳喳"。清闲在家时,"春光依然如昨,闲坐阳台看书。偶有鸟儿飞过,其实意趣蛮多"。"花儿开在窗前,芳香沁入心田。翻了几页闲书,再用鸟声洗脸。"恰逢节气时,"清明谷雨相连,浸种育秧耕田。草长莺飞水暖,人勤春早无眠"。"今日又逢谷雨,阳光暖了几许,扯着春天衣角,惹得到处鸟语。"回乡探亲时,"田野微风吹拂,小雀欢快唱歌。蓓蕾好似音符,青蛙拼命打鼓"。"老树长出新叶,儿童嬉追蝴蝶。田间犁耙水响,风和日丽意惬。""大地一片美景,心有几番风情。绿肥红瘦无意,呼朋引伴对饮。"春天里,面对各种纷繁的事物,会有着不同的感悟。"春天回到大地,世间变得美丽。心中有只猛虎,细嗅烂漫蔷薇。""采了两枝杜鹃,遥望几座山川。万物都已复苏,你的心花可开?""春花开满枝头,没事到处走走。荣辱不放心上,邀人登上层楼。"

昨夜一场春雨,
草木清新如许。
那里有人祭扫,
这边鸟雀低语。

我是有着浓郁乡土情结的人,只要回到家乡,身心就会安静下来,与泥土亲近,与山水亲近,与乡亲亲近。在城里生活多年,最念是故乡。在我心里,乡愁是人间最美的语言,是人间最真的情感。每每回到那片熟悉的土地,踱步于乡间小道,感受着那氤氲的湿气里弥漫着的泥土的芬芳,犹如泰伊的弥撒曲一般令人销魂,那一刻我觉得自己被融化了。有次回乡,感触极深,从早到晚一口气写了五首短诗:"乡下这般静好,既无尘又无扰。可在林间闲走,也能兀坐听鸟。""门前一湾山泉,舍前几亩良田。头上白云朵朵,心里情意绵绵。""村静午蝉鸣,草香溪水吟。闲坐绿荫下,候人晚间饮。""夜睡乡间竹床,卧看满天星光。偶有清风吹来,泥土果蔬芳香。""山清水秀草香,天高云淡日长。老树新枝陈酿,故土情结难忘。"我再把在乡里所见都拍了下来，配上这些小诗，妙趣横生，把浓浓的乡愁寄予"诗配照"，自然而生动了。再如有一天，又有着另外一种感受："山冈有个广播，六点开始唱歌。乡亲被它叫醒，清晨这样打破。""架上结个南瓜，溪边泉水哗啦。摘回做了碗汤，味道自然不差。""那日坐在溪边，太阳已经向西。山长青水依旧，不见浣衣的你。""乡村晚上凉爽，总觉夜短日长。大人嘻哈吹牛，小孩无忧跳房。""今晚睡在乡里，洗澡用的山泉，疲惫少了很多，心中感觉蜜甜。"

所以只要得闲，我总是往乡下跑，那里总是能让我触景生情，身心安逸。"回家走在山前，绕过几丘秧田。喝了三两白酒，听着蛙声连绵。""山头水角野芹，舍前屋后河豚。小桥流水人家，轻烟薄雾柴门。""大地之事挺多，雨水变得啰唆。蚯蚓爬过蛙鼓，农人田间披蓑。""静听池塘蛙鸣，轻风拂皱倒影。人唤牛哞耕田，小荷肩着蜻蜓。""兀自坐在舍前，外面一片水田。几时才有闲心，赤脚蹚水采莲。"

在城里，我也想故乡和童年。"曾住乡下多年，砍柴放牛耘田。大早坐在窗前，闲看风动雨帘。""已是半夜时分，静听荷塘蛙声。遥想当年萤火，更念那时乡村。""年少常戏水边，蝶儿嬉闹蹁跹。微风沾拂炊烟，又见晚霞满天。""儿时那些游戏，总是让人惦记，曾经那么美好，如今都成回忆。""那时乡下放牛，根本不知忧愁。老家变了模样，乡情常绕心头。"

有一首歌是这样唱的："我爱我的家，爱是不吵架常常陪孩子玩耍；爱就是忍耐家庭所有繁杂；爱就是付出让家不缺乏。让爱天天住你家，不分日夜秋冬春夏……"听这首歌时，心生感动。曾是为人子，今日为人父。我在孩子面前已经是父亲了，却在父母面前依旧还是孩子；我的儿女在渐渐长大，我的父母却渐渐老去。有道是："养儿方知父母恩呀！"母亲节的时候，写给父母的："父母都很辛苦，生了弟妹和我。今日做顿午饭，以感绵绵眷渥。"儿童节到来，写给儿子和女儿："有爱不说出来，感觉时间太快。也想和你一样，再次成为小孩。望着天空发呆，出个谜给你猜。和你做个游戏，输了不许耍赖。想你自成一派，释放你的能耐。有错立即就改，掌声为了澎湃。希望你会明白，未来是否出彩。都要宏壮胸怀，以及暖暖的爱。""昨日咿咿呀呀，今天学习文化。每天都有进步，祈盼快些长大。""今日初语咿呀，最爱头上戴花。大儿散学归早，拢身逗乐小丫。"

生活和工作中遇到一群要好的兄弟朋友，在一起除了事情，还有酒和喜怒哀乐。老龚就是其中的一位,他作为代表常在我的微信里出现,有网友只要一看到四个老人在一桌夹菜喝酒的照片,就定知道老龚要出场了。"我说老龚操蛋,喝酒咋就这慢。他说别再拿喊,谁没有点忧烦。""老龚终于发怒,别以为我吃素。端起半斤白酒,叽里咕噜下肚。""老龚今晚又疯,吃酒拒用小盅。兄弟不醉不归,五蕴四大皆空。""老龚去趟南京,群里没了声音。那日回来洗尘,啤酒又喝十听。""老龚伙同老王,中午喝酒发狂。白的啤的混搞,量小难受断肠。"我喝醉了多次,于是便有了:"几日拼酒受伤,明天准备回乡。吃它几块腊肉,再喝两碗米汤。"朋友在一起,没几杯酒,还真觉得无趣。"昨日几个老友,还是猜拳喝酒。说些风花雪月,感觉自在风流。""其实事儿挺多,每天还把酒喝。人生总要自得,日子就像唠嗑。"

那时长在农村,
最爱清晨黄昏。
光阴如歌似水,
难忘一段青春。

2016年6月下旬,我的老家通山遭受暴雨袭击,一时间全城成了泽国。我心里一直关注着雨情灾情,写下了:"果是老天生气,发狠倾盆雨泻。通山都可看海,几时风住水歇?""暴雨还未停歇,通山洪水告急。水患何时败退,心里很是关切。""骤雨连绵成洪,山城一片汪洋。家乡本应无恙,心里同此炎凉。"在半个月里,暴雨连绵不绝,使咸宁多地受困受灾,便写道:"夜半灯火阑珊,窗外言语连连。女娲跑哪去了?竟然忘了补天。"接着就是大热,加上连日停水,心里不免烦躁,便以"诗配照"缓解情绪:"本想睡个午觉,窗外烦蝉乱噪。家中几时来水?鸟儿也不知道。""四周都是热浪,无端生了躁狂,真想成为后羿,射掉那个太阳。"但热依旧是热,能调节的只有心境了。于是便写道:"此时暑意正浓,送你一阵禅风。心静自然凉爽,万事皆会成空。""世界这般美好,何必心急火燎。等着秋天来到,闲看枫叶飘摇。"

四十从未清闲,
秋来夜寒谁怜?
寻常风月无益,
风景愧忆当年。

秋天是个适合思考的季节。我对季节的更替最为敏感的是秋季。几片落叶上成熟的纹路,或阳台上那些花草的一丝寒意我就断定初秋已经来临。无须日历的提醒,我身体的变化就能感到了深秋。春天的困顿、夏天的炎热、冬天的寒冷都让人不舒服,人在季节的干预下变得不知所以。也只有在这个季节,我能觉得我的日子是正常的,这个季节,我写下的短句是最多的。立秋那天:"几片黄叶飘落,心绪如风掠过。多少芳笺可约,谁能与我共酌?"接着每天都会写一首以赋心境:"繁叶次第变黄,远山烟色苍茫。窗外秋风吹过,忽地一阵清凉。""晚凉天净云闲,静听淦水潺湲。秋声何以遥寄,把盏暗想从前。""秋风吹过窗纱,小楼多情繁华。而今木叶添愁,黄昏却对清茶。"意境虽然有点淡凉,哪怕有点忧伤闲愁,但并不影响我喜欢一年中最美好的季节。我也会在这个季节不断反思自己,把秋天当作自己的"春天"。"转眼立秋已过,许诺终究成错。不教光阴蹉跎,我自心中有佛。""秋风吹过江湖,且备清茶一壶。往来都是侠客,心中可否有佛?""晨起笔舞秋风,万念皆已成空。且饮清酒一壶,红尘又回心中。"处暑到白露这些日子,先是十分繁忙,继而遇雨清闲,在城郊的一隅见了几位友人。那里山清水秀,清幽雅致,身心顿然安顺。饮茶间,我写下了:"静饮一杯清茶,心里默念桑麻。忽地有风吹过,窗前几片落花。""一任秋风狂烈,窗外花落虫歇。别样心情怎说?不是诉愁季节。""白露栖在枝头,小虫啾唧啭喉。木叶悠然飘落,秋风吹散闲愁。"

再过些日子，就是不惑之年的生日了。从农村到城市，遇见许多的人和事，从没停止过忙碌奋斗。那些流过岁月的河床、跋涉过时光的隧道的季节已经成为过去。回首过去，我慢慢生出一份平和对待生活和世事的心境，也开始慢慢明白，原来所有的坎坷和经历都是上天给予的最优厚的馈赠，才渐渐懂得感恩去看待生活。"花儿开得正欢，杨梅有些浅酸。人生百般滋味，珍爱自成大观。""人生难免忧愁，何必斤斤计较。总有一些事儿，点赞打个对钩。""曾似有过辉煌，也曾失落迷茫。当下如此这般，远处可见希望。"但我始终感谢所有世间让我感动并幸福着的事物，生命因为他们而变得如此多彩！

我的生活属于我自己。如今，在微信里配图写短句，成为日常生活中不可或缺的事情。这样的坚持，让许多的网友成为朋友，很多朋友成为粉丝，他们每天都会关注我的朋友圈，期待"六字四句"的"诗配照"里那些各种生活和情绪气象。再忙的日子，我的阳台上也是花草常绿，花瓶鲜花不败，心中诗意丛生。如此才不负日常生活中那份惦念和美好。

打磨日渐粗糙的心

谭　慧

　　我常常自惭于自己的平凡和落俗，没有出众的资质和悟性，也没有高于常人的勤奋和热情，只是遵循自然和生活的规律，在一条既定的人生道路上踽踽独行。在自己幽暗的内心，独自感怀沿途风景，过往烟云。偶尔灵光乍现，恍然于某个时光的节点，却只是思绪稍作停留，没有留下任何痕迹，匆匆而过。

　　生活是如此的平凡和安静，让人渐渐地忘记了还有"诗和远方"。

　　第一次接触到"诗配照"这个新鲜的词儿，是在好友如蓝那略带夸张和富有神采的描述中听到的。如蓝说，她的这些理念均来自郝晓光博士。

　　"一首不咋地的诗配一首不咋地的照就很咋地了，所以诗配照关键在'配'，配得好就可以获得 1+1>2 的效果。"

　　"就像卡拉 OK，人们需要这样的渠道来，或者因为爱唱歌，或者要渲泄一种情绪，诗配照就是文化人的卡拉 OK。"

　　"中国人的文化生活方式相对封闭，我们就要尝试用诗配照来打造一亿个诗人，掀起一场全民的文化联欢。"

　　经如蓝这么一说，起初对"诗配照"不以为然的我，顿时觉得这个听起来通俗的名词，其形象高大伟岸起来。

　　2016 年 4 月里一个美好的夜晚，我有幸聆听到郝晓光博士在咸宁供电公司职工书屋带来的"诗配照"讲座。他结合新媒体时代的文化土壤，全面解析了"诗配照"的 36 性，随意性、普遍性、科学性、人文性，等等，在郝博士的演绎和诠释中,一首首或妙趣横生,或意味深远,或清新惬意的诗配照鲜活地跳跃在眼前。原来"诗配照"这么神奇,不需要设定任何门槛和约束,哪怕你从不读诗、不写诗,只要你心中有诗意,落笔便是诗。

比如《青花鲤》。

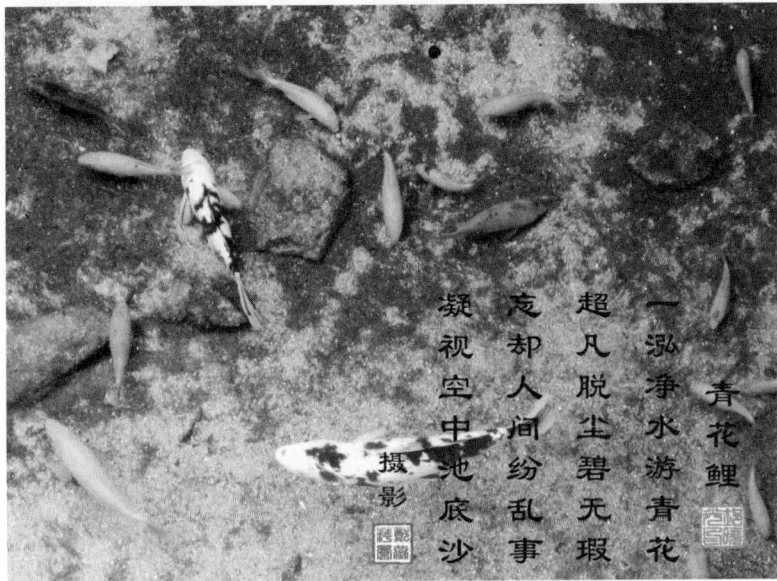

青花鲤

一泓净水游青花,
超凡脱尘碧无瑕。
忘却人间纷乱事,
凝视空中池底沙。

再如《春雨》。

昨夜西风下车轮
今晨春雨上车门
都说春雨贵如油
不知春雨使人愁

春雨

春 雨

昨夜西风下车轮，

今晨春雨上车门。

都说春雨贵如油，

不知春雨使人愁。

回想起几年前，自己闲暇时也给一些图片随手配上几句小诗，当时的"我"一下子被无意地拾起，竟有一种朝花夕拾的欣喜，对于"诗配照"便又多了一份亲近。

想想自己也曾经历过诗一般的年纪，在多愁善感、梦想飞扬的青春时光里也曾留下许许多多关于青春与梦想的诗句，也曾疯狂地追逐过徐志摩、席慕蓉、汪国真，写下过一段又一段心灵独白。

时过境迁，岁月无痕。走过如诗如画的青春岁月，早已为人妻为人母的我，在日复一日的柴米油盐中，在工作与家庭的忙碌中，一天天，一月月，一年年……遇见的不可预知，灵感的稍纵即逝，在不知不觉中，诗意和诗离竟然渐行渐远。

今天突然走近"诗配照"，如同遇见一位红娘，牵引着我，一点点地唤醒我的诗意，让我邂逅当年的自己，让我重新遇见心中那个久违的"诗人"。

向往诗意人生

姚文莉

春天,草长莺飞,暖意融融适宜出行。和朋友结伴同游江夏龙泉山和七色花海。同伴里面居然有位大名鼎鼎的科学家郝晓光!在爬山的途中,郝老师边走边介绍他 2011 年创建的艺术形式——诗配照。从最早的萌芽到发展,历经 5 年,现在已经有很多人,包括很多著名诗人、学者和诗词爱好者加入诗配照的行业,很是喜人。

"我不会写诗。特别是古体诗,不知道从哪里下手,诗绝对是小众的,没几个人能写得出来。郝老师。"我说。

"卡拉 OK 也不是个个都唱得好,但是大家都在唱。写诗也一样,试一试,你行的。"郝老师说。

"也就是说,写得再不好也可以自我娱乐,过过诗人瘾,对吧?郝老师。"

"对!写诗要动脑筋,就会去学习。这个过程很好,总比把时间浪费在打麻将上面强吧?人人都有精神层面的需求,灵魂需要安放在一个合适的地方。我们现在给大家一个很好的精神世界的平台,适宜安放我们的游荡的灵魂。"

"安放在麻将里也是安放。"

"是的。看你是需要什么样的精神世界,人的爱好追求各不相同。"

……

此次春游之后,我开始学着写古体诗。真的不容易,不知道从哪里下手。兴致勃勃地写下的第一首古诗居然是:"春日暖阳照,油菜花海俏。航拍无人机,美人丛中笑。"自以为还不错,得意扬扬地发给了郝老师。先是一阵沉默,过了一会儿,一个大拇指出现了。我高兴得很,终于有了第一首自己的诗了。

再过了会儿,郝老师发了一小段话:写古体诗很容易写成打油诗,通顺,但是没有什么意义。古诗的美在于精练有意境,寥寥几个字,能够代替一大段文章。不能写花就写花,写花要引申到爱花的人,写月亮的美要引申到嫦娥,这样才算一首好诗,有意境,耐人寻味,不是一眼望穿,没什么嚼头。你读过的那些古诗,你就可以看出来:写月亮的是嫦娥应悔偷灵药,碧海青天夜夜心……从月亮联想到嫦娥身上就有意境一些。多背多琢磨,会慢慢进步的。

我感激得不行,郝老师那么忙,还有时间发给我这么一大段话,真的要用心好好背一下古诗了。

在微信朋友圈里,我是这样写的:进入一个诗人的圈子,心里特着急。很希望能有速成的法子,能够即兴吟诗,起码要有像个样子的拿得出手的作品。可写来写去总不满意,仿佛蹒跚学步的孩子,总是歪歪斜斜地走不正,没有一首令自己满意的。

突然想起《红楼梦》里黛玉教香菱作诗的方法:先背诵数十首五言七律诗打底,起码要烂熟于心,这样用时就可以信手拈来镶嵌在自己的诗里面,天衣无缝。照这个法子,还得一段日子才能写成,而且是难度高的古体诗。不过我更喜欢的是词,宋词更唯美,讲究也更多。慢慢来吧,有时做梦都在念:梦破五更心欲折,角声吹落梅花月……

我其实是背过很多古诗的,因为妈妈是古诗词爱好者,坚持让我背的。当时四五岁的年纪,妈妈没事就教我背唐诗。不觉得痛苦,诗词押韵,和儿歌差不多。"床前明月光,疑是地上霜。""不知细叶谁裁出,二月春风似剪刀。"也分不出好坏,背着玩就是了。背了很多首,诗词的种子其实早就播撒在我的心间了。现在想起来,许多东西记下来,就是在心里生根。日后触景生情,总会懂的。

那时背的古诗,以我现在的文学素养,已经能够大部分理解了。现在重拾起来,越来越觉得古诗词之美,妙不可言。再写时,就顺畅了很多。于是就有了第二首古体诗——《春意浓》。是清明节踏青的时候,看到夕阳中的紫云英和薰衣草,自然而然地诗就流出来了:"清明恰遇夕阳红,顺心而行时节中。紫云英,薰衣草,春日踏青春意浓。"自己制作了诗配照,并自认为这是第 N 个小板凳里面最好的一个了。郝老师继续鼓励着我。

变化总是在不知不觉中发生的。当你一心想进步,往往很难往前迈进。当你最终放弃了要写出惊世之作,没有具体目标时,人反而轻松了。我脑子里总浮现郝老师当初对我说的卡拉 OK 理论,重要的是先开口,不开口什么理论都白搭。

就这样,我把写诗当作一项很好玩的游戏,天天玩,没事儿时就想怎么写。很多时候,我写出来的不是一首完整的诗,就是一句两句。即使如此,我也细心地把它们收起来,留着有时间再续成一首完整的诗。有时甚至是全家总动员,外孙子和小姨也加入到创作队伍中来,大家一起玩这个游戏,越玩越上瘾,诗也就慢慢地越写越好了。其中一首《樱下卧猫》就是我姨写的前两句,我续写了后两句,二合一的作品,居然也受到好评:

樱下卧猫

春风飘洒樱花雨,
馨香熏醉喵星你。
日长睡起无情思,
闲看猫咪卧樱里。

4 月 15 日,郝老师为地处咸宁向阳湖的笔峰塔做了航拍,航拍照片出来后,各路诗人为笔峰塔题诗。很快出现了一照 8 诗的壮观景象。

向众诗人学习,我也写了一首《题咸宁笔峰塔》。

題咸宁笔峰塔
烟笼祥塔岁月隆
巍巍傲立烟雨中
古今诗人皆吟诵
文化咸宁美景融

题咸宁笔峰塔

烟笼祥塔岁月隆，
巍巍傲立烟雨中。
古今诗人皆吟诵，
文化咸宁美景融。

　　这一回，郝老师终于为我制作了竖版的诗配照，还刻着印章。之前千求万求，他都不肯为我制作的。他很直接：水平不够！这一次，我也挤进众诗人中，心里的愉悦无以言喻。

　　我想，我们喝水是为了活着，我们喝茶是为了活得更好。而生活不仅仅只是为了活着，如果为了活得更好，我们真的需要诗和远方。

诗意人生从这里开始

何红梅

一

　　说到诗配照，让我想起 1928 年冯玉祥隐居泰山普照寺的一段故事。在那段隐居的日子里冯将军过得难得闲适，遂一时兴起创作了二十八首打油诗，更难得的是冯将军还趁着兴致，专门请来石匠，照着打油诗的诗意在做好的青石板上刻出了一幅幅相宜的画。这些诗配画，在随后的时光里竟成为文物，一直藏在普照寺后院，已然成为普照寺一景。当下不仅胡想，如果当时拍照也像现在这般简便、普及、信手拈来，冯将军会不会亲自来组诗配照流传后世也未可知呢。

　　细想，其实画与照的关系最是紧密相连的，一幅拥有上乘质地的照片最终都需拥有画般的意境。照只是在画之古雅而写意的层面上继而写实现代罢了。古人曾有"诗是无形画，画是有形诗"之说，由此换成"诗是无形照，照是有形诗"的说法，料想也一样合适。

　　说到诗与画，但凡精妙评者一般都会给予"诗中藏画，画中有诗"的评语，如苏东坡欣赏王维的诗作就曾说："味摩诘之诗，诗中有画；观摩诘之画，画中有诗。"东坡学士这句话说的可谓精到，不仅点出了王维诗与画的特点，也变相道出了诗与画在艺术上既相通又互补的关系。

　　记忆里倒是一直记得曾经第一次读王维那首《山居秋暝》的感觉。

山居秋暝

空山新雨后，天气晚来秋。

明月松间照，清泉石上流。

竹喧归浣女，莲动下渔舟。

随意春芳歇，王孙自可留。

细读，山雨初霁，万物为之一新，又是初秋的傍晚，空气之清新，景色之美妙，可以想象。天色已暝，却有皓月当空；群芳已谢，却有青松如盖。山泉清洌，淙淙流泻于山石之上，有如一条洁白无瑕的素练，在月光下闪闪发光，多么清幽明净的自然美！这时候，只听得竹林里传来了一阵阵的欢声笑语，原来那是一些天真无邪的姑娘洗罢衣服笑逐着归来了；再见那亭亭玉立的荷叶已然纷纷向两旁披分，掀翻了无数珍珠般晶莹的水珠，原来那是顺流而下的渔舟划破了荷塘月色的宁静。诗人由衷感叹，在这青松明月之下，在这翠竹青莲之中，生活着这样一群无忧无虑、勤劳善良的人。

在这首《山居秋暝》中，核心元素是空山、新雨、明月，是清泉、竹林、莲荷，这些元素原本各自拥有淡雅幽远的内涵，再经诗人如此巧妙组合，一时间便立刻描画出一幅无比出尘、闲适、美妙的山村生活图。闭上眼，吟读之时，只觉得有一幅幅画面在脑子里闪现。如今回想，那是我第一次深刻体味到何谓"诗中有画"的绝妙感觉。

二

诗是语言的艺术，它的意境是通过语言来实现的，所有的意象也都是语言的表达。"诗中有画"就是诗歌突破了语言的界限，而充分发挥出了它的启示作用，这样的创作更有利于读者的理解，也更有利于诗歌的传播。

而类似这样的创作，在郝式诗配照里就不乏例子。如《最后一吻》。

画面里，将要出发的道路上，一双白鹅。一只已经被主人放入了袋子，凶多吉少的命运，令它一脸垂头丧气，神情分外沮丧。而它的伴侣，另一只白鹅，只是无声地站在它的身边，颀长的颈项，依恋地凑在它的跟前，耳鬓厮磨，似是最后一吻，又似在耳边诉说道不尽的千言万语，真可谓"知心话

最后一吻

当年曲颈向天歌，
相见已是隔银河。
知心话儿说不尽，
最后一吻似天鹅。

儿说不尽，最后一吻似天鹅"。在这里观其照，无疑促进了读者对诗的理解，再读诗，对其照又无疑起到了无限延伸拓展的意义。如此，诗照结合，读着赏着，心底竟无法抑制升腾一股莫名的动容，有感动，有怜悯，原来动物之间的情谊是如此忠贞而专一，彼此的陪伴又是如此默然而深情。相比人类，它们不过是少了语言，殊不知，无言的深情才最是真挚动人。

再看《题咸宁笔峰塔》，九首诗作，可谓横看成岭侧成峰，远近高低各不同。有了配诗的笔峰塔顿如沾染了墨香诗韵的巨儒，默然在时光的河流里，笑看风云，俯瞰众生。那雄伟的身姿曾阅尽多少繁华？又曾历尽多少沧桑？这一切的一切都没人知道，唯有那斑驳的石壁，无声诠释着曾经历经的风雨与兴衰荣辱。事实证明，岁月淘尽的不过是浮于表面的繁华。它的屹立恰恰印证了一句名言"岁月的大河淘尽了一切无价值的泥沙，而把真理留下"。于是乎诗中才有了"人间总散风云事，独剩笔峰塔更雄"的叹谓。

这样的诗配照就是充分达到了相互启示，彼此诠释的深远意义，因此再得以传播也就自然而然了。

三

王维的诗中有画，而郝式的照中亦有诗呢，如《孤芳》。

照片中只见一株遒劲硬挺的植物，颇显风骨，就这样观赏着，竟让我想起了郑板桥的名画《竹石图》。《竹石图》中有竹石相伴，坚硬挺削的石质，石前三枝竹枝，劲拔挺秀。翠竹深深扎根于挺削的硬石之中，其力可坚。不管是东西南北风，它始终屹立，不屈不折。《竹石图》使人直接想到竹子的特性：高洁、坚韧。"咬定青山不放松，立根原在破岩中"仿佛从画中跃然而出。而眼前这幅《孤芳》亦让我感受到了异曲同工之妙，诗之语已然从画中呼之欲出。

孤 芳

天生丽质头轻扬，

疾风骤雨当自强，

何来白马身旁过，

采得独秀赏孤芳。

诗中有照，照中有诗都是诗配照的独特表现，二者相互补充、相互融合，形成了"诗照本一律，天工与清新"的艺术境界。

当然，诗与照作为两种艺术，它们在相同之中又有不同的地方。它们之间相依相辅，彼此成就，又不可替代，即诗中有照但不全为照，照中有诗但不全为诗。但不论是联系或者界限，都可体现出两者的艺术性，两者内在审美性上的相通。

例如上面提到的王维的《山居秋暝》，全诗描绘了一个清新宁静而生机盎然的山水景象，使人感受到万物生生不息的生之乐趣，精神深化到了空明无滞碍的境界，自然美与心境美完全融为一体，创造出如水月镜花般的纯美诗境。表面看来，这首诗只是用"赋"的方法模山范水，对景物作细致感人的刻画，实际上通篇都是比兴。诗人通过对山水的描绘寄慨言志，含蕴丰富，耐人寻味。而这些远远不是一幅画所能表现的。

同此理，《孤芳》这幅照，直观地描绘了植物挺拔坚韧的风骨，却不能表现出作者欲托物言志之心，内心的情感非诗而不可为。

四

诗歌是以语言文字为载体的，作用于人们的想象，以此表现出意境，我们对诗歌中意象的理解，其实是建立在现实的基础上，通过自己的头脑加工加以完成的，通过想象等手段，根据诗的描述在自己的头脑中形成一幅画面，从而加深我们对诗的理解。诗配照便是进一步将表达的诗语与景语提取到了人的面前。因而若论郝式诗配照的优势，不仅是将古韵和现代摄影技术的精彩于一身，操作简便，人人可为，更在于它直观一目了然，适合大众去解读。或许你只是一位农民，却丝毫不会阻拦你对它们的亲近，骨子里也能过一把解读诗照之瘾之成就感。

当然，我并没有鼓励大家一味只去接受直观易懂、操作简便的诗配照的意思。我的意思是，需要用心理解郝式诗配照的良苦用心。它的初衷是，当你初次接触诗不必心生畏惧，任它们如此生动、亲和地走进你的心里，在心里埋下温暖，存下诗意，种下萌芽。假如能因此让你由浅入深，而得机缘进入更高的艺术殿堂，那么它心甘情愿充当一块最微不足道的基石的意愿也就达到了。

诗配照里的大主题

如 蓝

2016 年 3 月 14 日,一条关于海战的信息在微信朋友圈悄然转发,这条信息关乎二十八年前,遥远的南沙群岛的一场海上硝烟。

原来,1988 年 1 月, 中国海军舰队按联合国要求进驻南沙群岛永暑礁,开工建设海洋观测站。然而建站行为遭到越南军方百般阻挠,3 月 14 日,当我军在赤瓜礁勘察时,双方冲突升级为炮战,炮战的结果是,中方以轻伤一人的代价,击沉越方武装船两艘、小艇两艘,重创越方重型登陆舰,获得完胜。

赤瓜礁之战,我军一举收复了永暑、华阳、东门、南薰、渚碧、赤瓜六个岛礁,可谓扬眉吐气,大振国威。

然而由于南海各岛屿离祖国大陆太远, 给了周边国家不断侵占的机会。捍卫国家主权,在南沙岛礁填海是唯一途径。

当越南、菲律宾等国依靠传统方式,从陆地运沙填海时,中国科学家发明了天鲸号巨型挖泥船,实现了就地取材,喷沙造陆。到 2016 年,七个岛礁的填海完成,地面建设初具规模,相当于建成了七个不沉的航母! 其中三个人工岛上建设了机场。

2016 年 1 月 6 日,两架客机在永暑岛成功试飞,标志着中国在南海行使主权有了实质推进。当举国上下沉浸于喜悦和振奋中的时候,阳春三月翩翩来临,"3·14"海战悄然回到人们脑海,一首诗配照《向阳礁》就在这样的时候印入了眼帘!

文化部湖北咸宁向阳湖干校五七中学校友为我国南海建岛做出重要贡献

向阳礁

五七中学逞英豪，
吹沙建岛出奇招。
笑看美菲干瞪眼，
南海矗立向阳礁。

　　诗作者由衷赞扬五七中学同窗为南海建岛立下的汗马功劳，表达出对强大祖国的无比自豪，对捍卫国家主权的信心的决心，言辞间洋溢着一股万丈豪情。

　　保家卫国，科技领先。捍卫南海主权，一批中国科学家功大莫焉，正是他们以一颗颗爱国心，孜孜以求，发明出足抵千军万马的新技术，让一个个"不沉的航母"变成现实。

　　这个时候的诗配照，无疑是大手笔、大主题。

　　一个伟大的时代，一定有伟大的事件来烘托。2015年，一场举世瞩目的大阅兵，把中国人的豪情推到一个新的高潮。

　　且看诗配照《大阅兵》。

大阅兵

密苏里上日酋跪，
天安门旁大阅兵。
"红旗9"前无安倍，
"东风5"后有普京。

面对大阅兵的宏大气势，面对"红旗9""东风5"等新型武器，作者的思绪回到 1945 年 9 月 2 日，在密苏里战列舰上，不可一世的日本鬼子终于低下罪恶的头，签下投降协议。

当诗配照走进国家、民族命运的大主题，我们获得的不仅仅是豪气，还有对科学的敬仰，对历史的沉思，对未来的决心。

一张照片定格的是一个瞬间，一首诗道出的是一个时代。以此文献给为祖国的国防事业做出贡献的中国科学家们，当然包括郝晓光老师和他的同窗。

当摄影作品被再创作

廖小韵

当摄影作品被再创作,画面的诗意便融入了字里行间。

一幅好的摄影作品可以有多种解读,每个人的视觉角度、阅历境遇、情感类型不同,可以读出画面中不同的内涵,甚至可以不同程度拓展着摄影作品的外延,能够表达这样细腻差异的形式之一就是诗配照。

诗配照可以弥补摄影作品时间、地点、事件的缺憾,赋予画面活的生命。

清韵楼

乡间小楼入梦来,

徽门徽窗向南开。

桌椅板凳堆往事。

香茶美酒醉心怀。

《清韵楼》乍一看,不熟悉的读者,只知道这是古镇,很难准确说出拍自何处。有了诗篇,便交代了照片的地点——乡间,而且营造了与古镇环境相匹配的氛围:一杯香茶"堆旧事""醉新怀",因而生出许多情景和心绪,读者仿佛身临其境,品味这其中深厚的情感和灵性,进而感受到委婉沉静的意境。

梁子湖晨曲

梁子湖晨曲

薄雾轻纱日见黄,

湖光倒映梁子上。

忽见沙鸥惊飞起,

疑是游人在岸旁。

再比如《梁子湖晨曲》,如果没有诗,读者不可能知晓照片中的时间、地点、事由。一首简洁的小诗,可以让读者感受到安静与浑然天成,祥和意境也从诗歌中可以感受到。可以说诗与照,一起做了一场完美展现。

落叶

秋风秋雨寒意沉，
飘飘洒洒落缤纷。
地上顽石难入土，
枝头黄叶盼归根。

这类落叶的照片很多，但是因为多了一首诗，这个落叶的画面顿时有了思想，此情此景顿时有了意愿。通过这首诗，我们可以体会到，"落叶"表达出一种宿命，恰当的几个词"寒""落""难""盼"，生动描画出大自然的变更是那么合乎规律，那一点点意愿，硬是"难"展现，也不得不"盼"下去。

玉香杯

琅琊瓷骨玉香杯，
翠竹怎能比猴魁。
疑是秦淮长江水，
推杯换盏只为谁？

看到一杯茶，很难有别的想法。但是一首诗，让你感受到惆怅和无奈，让你体味到茶里的故事，诗与照，是不是相得益彰呢。

当摄影作品被再创作，我们的精神生活便上了一个档次。

日常的生活略显慵懒，日出而作，日落而息，油盐柴米，鸡零狗碎，平淡无奇……我们不满足于苟且地活着，我们希望更有品质的生活。而高品质的生活从来都不是物质能够满足的，物质带给人的幸福感、快乐感，都是瞬时而不长久的。买了一个"LV"的包，用几天就不感觉稀罕了，添了一辆新车，开一段时间新鲜感就没了，再好的新房住一阵子也就那么回事了。现代社会，基本的生存已经不是太难的事，难的倒是活出品质来，难的是有丰富的精神生活。

诗配照作为一种艺术形式，适应了相当一部分人的精神生活需求。一个个不经意的瞬间，一天天平凡的日子，一幅幅优美的图片，全能在照片配上的诗文中展现出不一样的韵味，在不起眼的场景中体会到浪漫，体会到精彩。

你看，形态再平凡不过的水菊花，可它的品质可在以下的诗中得到解读和升华。

白花黄蕊赏孤芳
招蜂引蝶非所愿
萍水相逢在岸旁
一束野菊睡池塘
水菊花

摄影

水菊花

一束野菊睡池塘，
萍水相逢在岸旁。
招蜂引蝶非所愿，
白花黄蕊赏孤芳。

当摄影作品被再创作，你会发现，卑微生命里也能彰显出莫大能量，提炼出无比深厚的情怀，如《孤独彩虹》，诗人所肩负的责任通过小小的吉姆尼彰显出来。

2015年6月单车前往藏南朗县金东乡进行实地科考，查证了一座雪山和四条河流的名称。

孤独彩虹

去年朗县才回归，
今年又访博沙拉。
小吉虽然仍孤独，
藏南已经现彩虹。

诗配照作为一种艺术形式，具有净化人心灵的作用，通过挖掘照片深层次的内涵，借助语言的淬炼、运用，表达作者丰富的思想感情，无疑能够起到提升人的审美境界，激发人热爱生命的激情。如此，诗配照能让浮躁的心情变得平静，忧郁的思绪化为轻燕，烦躁的心神得以安宁，庸常的日子有了诗意，生活的品质得到提升。

怀念儿时的向阳湖

如 蓝

关于向阳湖的诗,真的很多很多。臧克家的《忆向阳》,郭小川的《楠竹歌》,沈从文的《双溪大雪》,牛汉的《半棵树》……

如果你惊叹于我列出的诗作者太"大名鼎鼎",或许是因为尚不知向阳湖的水有多深。1969 年至 1974 年间,原文化部领导干部和作家、艺术家、出版家、文博专家、电影工作者及家属六千余人,齐齐下放到位于湖北咸宁的向阳湖五七干校劳动锻炼。六千余人的文化大军中,"大名鼎鼎"者如臧克家也就不足为奇了。

向阳湖除了有诗,还有照片。关于向阳湖的老照片很多很多,耕田的、插秧的、挖煤的、烧石灰的、开批斗会的、政治学习的,很多当年的场景,都可以在老照片中找到踪迹。

无论是诗作,还是照片,都作为时代的烙印,定格在了四十多年以前那段峥嵘岁月。

四十多年前的向阳湖,劳动的场面一定是热火朝天的,政治学习的场面一定是虔诚中带着热度的,于是照片里透出的气息里,除了激情还有热情。

与照片不同的是,诗歌的主题中,既有《忆咸宁》式的田园情趣:

忆咸宁

声声火爆交心响,

阵阵喧呼快意扬。

一日辛苦成大乐，

战友围炉话棉粮。

也有《半棵树》这样为不屈生命的悲歌：

半棵树

还是一整棵树那样高，

还是一整棵树那样伟岸。

人们说，

雷电还要来劈它，

因为它还是那么直、那么高。

当然，还有很多很多。

不同的人，不同的境遇，不同的心情，于是有了诗歌下不同的向阳湖。

如果把向阳湖的诗歌与照片配在一起，即向阳湖的诗配照，最要表达的是什么呢？

再看这首《白鹭》。

白 鹭

不似朱鹮在陕南，

157

白鹭栖身向阳湾。
甘棠有树高千尺，
五七战士踏歌还。

　　一只白鹭，展开巨大的翅膀在飞翔，在一轮红日的映照下，翅膀上的羽毛显得格外洁白、透亮，宁静的画面中带着动感，送给读者一种干净的美。面对这幅照片，你可以用诗歌咏叹白鹭、咏叹红日、咏叹白鹭和红日间的完美搭配。然而诗作者却想到了向阳湖。

　　这一联想的核心是，白鹭向下伸直的两条腿，表现出其下落的趋势。落到何方呢？作者将其落脚点定在了向阳湾。这一联想的背景是：作者曾随父母下放向阳湖，在他的心中，一直装着儿时的向阳湖。

　　再如这首《朝花夕拾忆咸宁》。

朝花夕拾忆咸宁

枯枝野草雨珠深，
荒丘土岭陌路人。
莫问山野何所补，
人生五味品黄昏。

从照片看,其场景应该不是向阳湖,但是类似的水田、庄家、农舍,让作者想到了少年时代印象中的向阳湖。

随着沈从文、郭小川走过属于他们的时代,随着《双溪大雪》《楠竹歌》载入中国文学在史册,今天用诗配照表现向阳湖,其创作主体自然地由向阳花(向阳湖二代)担当起来,在所有的作品中,有一个万变不离其宗主题:怀念。

比如诗配照《金达莱》。

金达莱

大军横跨鸭绿江,
一枝红梅军中藏。
朝鲜危亡中国在,
寒冬怒放金达莱。

这首诗的主角是李羡梅,即向阳湖五七干校共产主义小学老师。当年,大人们在向阳湖参加劳动,尚在读小学的孩子们就集中在这个学校。共产主义小学离向阳湖有几十里地,孩子们一般两周才能见一次父母。对这些远离父母的孩子,李老师像母亲一样给予无微不至的关爱和照顾。李老师早年参加抗美援朝文工团,照片即她在朝鲜时与战友的合影。

今天,当年的向阳花们已经年过半百,但是他们依然称李老师为"羡梅妈妈",可见感情至深至真。特殊年代、特殊环境下特别的爱,是值得孩子们铭记一生的温暖回忆。于是当他们着手于向阳湖文化题材的诗配照创作,便有了李老师的隆重登场。

关于向阳湖文化的诗配照,应该有两种类型,一种是一幅随性照,联想到向阳湖,除了上述的《白鹭》《朝花夕拾忆咸宁》,还有《雪忆》。

雪 忆

银装素裹忆向阳,

咫尺天涯两鬓霜。

翩翩少年沈韩李,

牵手又到胡黄张。

这些诗配照,单看照片,与向阳湖并没有关系。但是由于诗作者情系向阳湖,自然地联想到了向阳湖。

另外一种诗配照中,照片本身就是向阳湖,比如《牧牛》。

牧 牛

夕阳西下耕牛闲，
三三两两伴少年。
农人不识书生乐，
牧童遥送笛声绵。

类似的还有《蚂蟥》。

蚂 蟥

墨客老叟复知米，
少年学子更知蟥。
夏日匆匆收汗雨，
忍待浮生秋后凉。

还有《鸭趣》。

鸭　趣

青塘绿水映红唇，
曲颈微斜问路人。
谁知小荷才露角，
却道莲花已铺陈。

2008年11月，一批向阳湖人回咸宁，在他们中间，笔者看到了文洁若（作家、翻译家）、张慈中（装帧家）、卢永福（编审）等耄耋老人。在那一次的回访者中，以老一辈五七战士为主。

弹指一挥间，八年过去了。2016年，又一批向阳湖人回咸宁，在六十来人的回访团中，只有一位老者，其余的全是向阳花。

多年以后，回访团里，一定全是向阳花，这是不争的事实。

时光的推移，让越来越多的人、越来越多的事融入历史烟云，但是永远无法抹去的，是关于向阳湖的记忆。越是沉甸甸的历史，越是在流逝的光阴中显得历久弥新。

再现昨日的苦乐年华、酸甜苦辣，今天的四十余首向阳湖题材诗配照充当了重要角色。

而这四十余首，应该只是一个基数。

唯美中的大气

如 蓝

这么唯美的照片,如果没有一首诗的点缀,该是多么孤单;这么动人的诗句,如果没有一幅照片的烘托,该是多么遗憾!

甚至可以说,照片里如此干净的画面,似乎为的是等待一首诗作的翩翩来临,恰如其分地落在照片的那个留白处。

郝老师曾把诗配照比作卡拉OK,而优秀的诗配照也是京剧,是昆曲,是足以登上大雅之堂的艺术佳品。

你看,陈雷博士的诗配照《落日红》,照片色彩明丽,对比强烈,粼粼波光上一轮红日,无处不显现出豪气和壮美。这样的照片本身已经具备相当的震撼力,而一首《落日红》的嵌入,会是什么效果呢?

落日红
沧海无言
恭然群山茸
花颜惘
绿正浓
落日红
翩蝶戏野蜂

落日红

沧海无言，
莽然群山笋。
花颜慵，
绿正浓，
落日红，
翩蝶戏野蜂。

寥寥数语，将读者面对照片时心头那点感慨，活脱脱、一丝不挂地牵扯出来，然后发酵、升级，入心入肺，酣畅淋漓。

单纯的照片和单纯的诗都是佳作，最完美的是，两者恰到好处地融合在一起，用郝老师的话说：诗照相互作用，达到极致美感！

不是吗！

照片的优势是视觉冲击，诗作则重在用心体会，当这种冲击和体会相互交融，诗配照的美被最大限度地激发出来，你会发现，不能少了诗也不能少了照。

另一首《燕呼鹏》，照片气势磅礴，雄浑有力。厚厚的云层，挡不住阳光强大的穿透力，耀眼的光芒从云层中射出，展现出一份坚韧之美。绰约的树影，斑驳的云彩，渐变的色彩，两群飞鸟远近呼应，展翅翱翔，让整个画面有了动感和力量。大片的云层留白为一首诗的诞生提供了场所，诗配照

就这样呼之欲出。

燕呼鹏

洞箫弄，
长吟共，
豪气冲，
行走诗情中。
碧云空，
扶摇风，
燕呼鹏，
笑谈李广弓。

　　美丽无法抗拒，精彩使人陶醉。在诗配照的路上，会有更多精品，会有更多惊喜，会有更多的美丽呈现。
　　我们期待。

越来越近的藏南

如 蓝

　　我想我需要从一个边防小县察隅说起。

　　察隅县,西藏自治区的一个边防小县,距离市政府所在地巴宜区 537 千米,距拉萨 960 千米。边界线总长 588.64 千米,其中中印边界 401 千米,中缅边界 187.64 千米。

　　百度上对其地理环境是这样描述的:察隅县属喜马拉雅山与横断山过渡地带的藏东南高山峡谷区。相对高度差达 3600 米,垂直高低悬殊,是典型的高山峡谷和山地河谷地貌。谷地海拔南部边缘只有 1400 米,而 5000 米以上的山峰有 10 多座,最高峰为 6740 米的梅里雪山。

　　特殊或者说险要的地理位置,让这里曾是西藏的"野人谷",因为犯人们会被流放到这里。

　　而漫长的边境线,让察隅从来都是与众不同。

　　"秦时明月汉时关,万里长征人未还。"

　　"劝君更尽一杯酒,西出阳关无故人。"

　　从古到今,每一个边防故事,都是一首悲壮的诗。

　　"我真没有想到,我随 126 团部队进驻察隅后,一待就是 29 个年头……1958 年,我第一个孩子出生,是个男孩,为了纪念察隅,取名生隅。"

　　这是 1978 年才离开察隅的军人胡炳保的回忆,一个现代版的边防故事。

　　说到现代版的察隅边防故事,我们不得不回想到 1962 年。

那一年,在察隅县一个叫瓦弄的小镇上,有一场"瓦弄之战"。

交战双方是中国和印度,交战的原因是两国关于藏南的国土之争,交战的结果是中方大胜,印度大败。

也就是说,1962 年,我们赢得了藏南之战,那个时候的藏南,属于我们。

不过今天,藏南实际被印度管辖。

我们总是很沮丧地说起这个事实。

我真的不知道当年到底发生了什么,总之取胜后我们无条件撤军了。

《中国国家地理》杂志总编单之蔷先生在一篇文章中,将撤军的原因归结为:战争的目的是教训一下敌人,然后回归战前的状态。而已!

1 年过去了,10 年过去了,50 年过去了,藏南,这片当年被强占、一度被我们收回的土地,在今天,似乎离我们越来越远了!

我们于是总是很沮丧地说起藏南,这片祖宗留下的土地。

突然间我们发现了一点变化:2014 年 9 月 30 日,我国第一个烈士纪念日,在察隅,有座纪念园奠基。在这座纪念园里,将安葬 300 多位参加瓦弄之战的烈士。

1 年后的 9 月 29 日,这座命名为"英雄坡"的纪念园开园。当天,当年参加瓦弄之战的老战士来了,林芝军分区来了、援藏干部来了、地方政府来了,当地小学生也来了。

上午 10 时许,老兵代表和援藏干部为"英雄坡纪念园"纪念牌坊揭幕,随后举行了庄严的革命烈士安葬仪式。伴随着低沉哀婉的《思念曲》,40 名礼兵双手捧护烈士棺椁,在 9 名少先队员的引领下缓缓走过纪念牌坊、英雄广场,在众人的注目礼中,护送至陵墓区。

新华社、中华人民共和国国防部对开园仪式做专题报道。是军委原副主席迟浩田题写的园名。园内有纪念牌坊、纪念馆、英雄墙、纪念碑、陵墓区、英雄林……

53 年前,这些年轻的英雄儿女,千里迢迢开赴藏南前线,为了保卫国土献出了宝贵的生命。

53 年过去了,国家没有忘记这场战争,没有忘记这些英烈。

当我们以高规格建起一座纪念园, 当我们以隆重的仪式安葬这些英烈,我们表明的是一种姿态:藏南,不会让你走得太远。

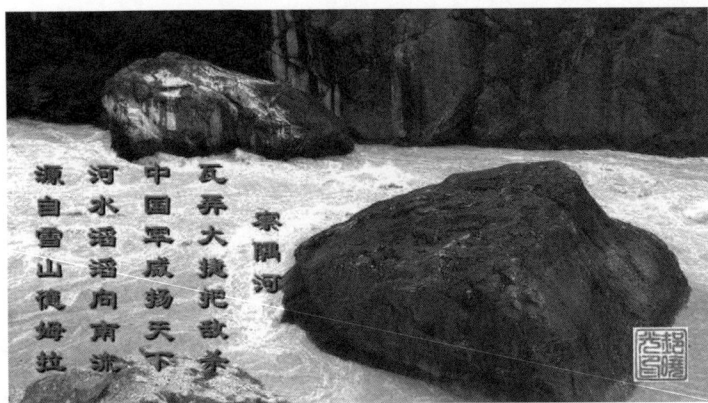

察隅河

瓦弄大捷把敌杀，
中国军威扬天下。
河水滔滔向南流，
源自雪山德姆拉。

　　这首诗配照创作于 2016 年 7 月。郝晓光博士在途经瓦弄河的时候，
情不自禁挥笔赋诗。

　　2015 年，亚投行最大投资项目"藏水入疆"工程雷霆启动。

　　我想关于藏南，已经远不止牵挂，而是一种作为了。

水仙与芽

如 蓝

春节前，看朋友的一则微信，图片为一盆水仙花置于窗台上，配文如下："国民水仙，过年标配。你想起了多久以前的以前……"

说实话，一盆水仙还真没啥，经主人用文字这么一点缀，还真会勾起一群人关于一个时代的记忆。

无独有偶，春节后，看到郝晓光老师的诗配照《水仙》，思忖良久后，傻乎乎地问他："流车"是什么意思？

水 仙

出泥不染疑似荷，

引茎抬头望流车。

突来春季花仙子，

却在寒冬向天歌。

"水仙放在家里的窗台上，看这马路上车来车往。"

你没见朋友微信中的水仙花的确置于窗台上！哈！

朋友的微信因为道出了人们对于水仙的情结，自然获取了许许多多的共鸣。郝老师的一句"突来春季花仙子，却在寒冬向天歌"，则由水仙发声，赋予了一张不经意的照片以生命力和精神气。

郝老师又补充道：一看水仙的形状就知道在室内！

我再度汗颜。说实话，就我这等劣质的观察能力，把水仙花看个底朝天，也不会去想它在室内还是室外。集科学家与哲学研究者于一身，郝老师看事物的眼光显然犀利有余，一盆室内的水仙何能逃过他的法眼。

实话实说，无论是带着枯萎叶子的水仙，还是郝老师的诗作，都算不上精品，我欣赏的倒是，郝老师看水仙的角度和思维。

而另一幅《芽》，本来不过一株脆弱的小生命，却被道出了一种"雷霆万钧"的力量，至少与我目睹这株小芽时的直觉大相径庭。不过你又不得不说，这种写法完全有理由，甚至有种另辟蹊径之美。

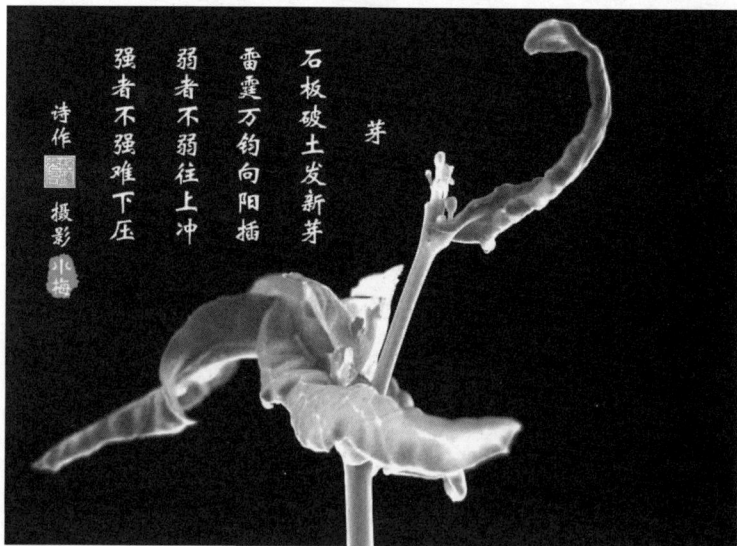

芽

石板破土发新芽
雷霆万钧向阳插
弱者不弱往上冲
强者不强难下压

诗作□□

摄影 水梅

芽

石板破土发新芽，
雷霆万钧向阳插。
弱者不弱往上冲，
强者不强难下压。

　　不擅拍照，更不会作诗，我来品读这一组组的诗配照，有点自不量力的意味。但是我终于贸然下笔，我想无论如何，至少我代表了一种观点，一种非常业余却亦有存在道理的观点，而且这种观点因为业余，反更显真实。

　　我的眼光一定不具有艺术鉴赏力，我希望我的眼光也能收获某种另辟蹊径，下集再见！

明月中秋夜

如 蓝

2016 年中秋，全球华人的眼光聚焦到了古城西安，只因央视中秋晚会的会场转战到了这里。

亭台楼阁、廊桥水波，台在水上、水在台中，观众恍如进入如梦如幻的瑶池仙境。

"中秋长安月，清水出芙蓉。"中秋的晚会，月亮是当然的主题。且看节目单：《明月升》《月光小夜曲》《白月光》《月亮船》《八月十五月儿圆》《天天月圆》《月光》《海上明月》……好一台"月光盛宴"。

面对这轮圆月，你的心中是不是一下升起一股浓烈的思念！这一缕的清晖，是不是温暖了你的心田！

在远古时期，我们的先人便习惯于在中秋拜月。后来，赏月拜月的风俗被贵人文士们仿效，进而传到民间，最终，中秋成为一个节日。

从此，这个节日便与月亮结下不解缘分。

很多年以前，在一个月白风清的中秋夜，一个叫苏轼的人提起了笔。那一年，他为官在外，很是失意，适逢中秋佳节，不免情绪低落，倍加思念起远方的弟弟苏辙，于是信笔写下《水调歌头》。他这一落笔，如康震教授所言：中国所有写月颂秋的诗词便黯然失色了。

"但愿人长久，千里共婵娟。"把古往今来所有离人的心绪表达了个通透。

苏轼恰到好处地在特定的环境下以中国人普遍接受的方式，把离情愁绪寄托于八月十五那轮月亮。于是他铸就了不朽。

时光荏苒,一千多年过去了,《水调歌头》离开了青楼女子的弹唱,也不再是茶馆家庭宴集时的小唱。

2009年,央视中秋晚会选在了江西宜春,通过卫星转播,这首词走上了更宽广的大舞台。在现代灯光音响的配合下,费玉清柔美精致、清新淡雅的吟唱如天籁之音,袅袅传开,传向全世界,让传统的中秋节散发出时代的独特魅力。

据说唐玄宗曾在一个中秋之夜到月宫走了一遭,但听得仙声阵阵,清丽奇绝,婉转动人。玄宗将此音熟记心中,自己又谱曲编舞,成了历史上著名的《霓裳羽衣曲》。我想,玄宗漫游月宫肯定是人为的编造,但《霓裳羽衣曲》却是历史上一个真实的存在。缘何将一个真实的《霓裳羽衣曲》配上一个月宫神话呢?我以为,在人们的心中,无与伦比的大唐盛世诞生的这样美妙舞曲,唯有与中秋月有所关联,才足够完美,足够回肠荡气。

古往今来皆如此。

且看王立辉博士的这首《中秋·菊花黄》。

中秋·菊花黄

夏尽蝉停雁南翔,
露凝而白为秋霜。
庭月照桂香气满,
东篱菊花郁金黄。

图片本为两朵菊花,可以写出很多很多种题材的诗,可以涉足很多很多领域。

可当作者将主题定在了中秋,于是月亮便自然地出现于诗中。

再看这首《黄鹤楼》。

摄影:周国强

黄鹤楼

月上中秋黄鹤楼,

崔颢未曾到此游。

千古名句留遗憾,

无月黄鹤空悠悠。

因为有了一轮明月,作者可以大胆地说"千古名句留遗憾"。

再看郑安国的中秋诗配照:

月光泼了一地，
夜色染满诗意。
有人正在想你，
芳踪何处寻觅。

　　我又想起了《水调歌头》。多年前，苏氏兄弟共对一轮明月遥相思念。
今天，微信上的中秋"诗配照"，表达着一份雅致、清丽与别样的月光情。

　　当我们置身于生产与消费的流水线上，当我们被流行、时尚推着一路
前行，一抬眼，我们看到了中秋的那缕月光，于是我们突然安静了下来。

　　不是吗？

走出小我

秦 凤

　　爱上诗词,我也爱上了诗配照。爱上诗配照,我的诗词注定每一次出现,都与图片携手。比如:

合书半窗月,
竹影一帘风。
谁个轻翻页,
心思在句中。

再如：

渔歌听有无，
互答赠明珠。
古木犹苍劲，
江南尽俊儒。
楚天吟九问，
诗酒醉千壶。
辘轳连环唱，
秋风任意书。

　　我生活在自己的诗情画意里，将诗配照制成美篇发到朋友圈，一路走来，收获了许许多多的开心。

　　我从来不为谁去讴歌，我总觉，那讴歌太俗、太牵强，不是我想做的。

　　直到 2016 年的夏天来临。

　　这个夏天的雨真的很大很大，而且下了很多天很多天。洪水的日子里，我只给父母及关心的好友亲朋致了些问候，依旧每天上自己的班，做自己的事。甚至我对外界调侃："到咸宁来看海。"

　　现在想想，当时的自己真的很浅薄，而且因为这种浅薄，我感到羞愧。

从调侃"到咸宁来看海"到自感羞愧，缘于一次会议。也是洪水还未退去的时候，咸安区政府召开文艺座谈会。会上，我明白，一个优秀的文艺工作者，应当接地气、续底气、显才气，以家园为立足之根本，肩负时代的使命，用纤秀的笔，书写波澜壮阔的人生。

我终于明白，讴歌那些让我们心中的感动，是光荣的、高尚的，而不是俗气的。

实际上，家乡遭遇这场洪水期间，有太多的感动震撼我的心灵。我看到领导冒雨奔走在洪水一线，看到子弟兵们与洪魔的殊死搏斗，我看到电力师傅在齐腰甚至过胸的洪流里高危作业……一幕幕感同身受，深深打动着我。

我想，是身系民情汛情置自身安危于度外的大爱支撑着他们，是与天斗与地斗无往不胜的信念支撑着他们。

我迟钝的心终于被触动，我要用我的方式，表达我的敬意，我要为英雄鼓与呼！何悲，咸宁洪涝；何壮，咸宁人民；何幸，万邦咸宁！

就这样，一组关于抗洪的诗配照出笼了。这是我第一次，我想还会有第二次，用诗配照来讴歌，而不仅仅是抒发小我的情怀。

行香子·抗洪

头顶沙包，身裹泥浆。浑不顾、忘我奔忙。共工治水，大禹平江。
问哪儿堵，哪儿漏，哪儿伤？
天倾浪覆，山洪成患。屹立了，千万脊梁。中流砥柱，力盖洪荒。
看水无情，人无惧，爱无疆。

清风词抗洪系列之一

行香子·抗洪

头顶沙包，身裹泥浆。浑不顾、忘我奔忙。

共工治水，大禹平江。问哪儿堵，哪儿漏，哪儿伤？

天倾浪覆，山洪成患。屹立了，千万脊梁。

中流砥柱，力盖洪荒。看水无情，人无惧，爱无疆。

风瑟瑟，雨潇潇。惊天洪汛众心焦。
不周倒塌千重浪，何处神针定海潮？
当稳固，怎能抛！千钧重担铁肩挑。
军民筑起同心坝，挽我豪情退骇涛。

金错刀·抗洪

清风词抗洪系列之二

金错刀·抗洪

风瑟瑟，雨潇潇。惊天洪汛众心焦。

不周倒塌千重浪，何处神针定海潮？

当稳固，怎能抛！千钧重担铁肩挑。

军民筑起同心坝，挽我豪情退骇涛。

金错刀·人桥

无情雨，漫天浇，清流难见尽狂潮。
飘摇那处危情急，拦路洪峰怎个消？
倾玉树，化龙鳌，横波何惧死生抛。
豪言留作他人啸，铁骨铮铮铸铁桥。

清风词抗洪系列之三

金错刀·人桥

无情雨，漫天浇，
清流难见尽狂潮。
飘摇那处危情急，
拦路洪峰怎个消？
倾玉树，化龙鳌，
横波何惧死生抛。
豪言留作他人啸，
铁骨铮铮铸铁桥。

一亿心的人的摇篮
——诗配照创作文集

从青春诗起步

吴国华

"那时年少春衫薄!"念书时爱写点小日记,用获奖的小笔记本,内有电影明星的那种。学习之余的中午或者傍晚,记下点儿当天的小心情小心思,记下青春的迷惘忧伤、爱恋与畅想、少年不识愁滋味的狂妄。然后小心地把笔记本放在课桌抽屉的最里面,用其他书本掩护,遮挡住属于自己的青春秘密。

某一天网络悄然走进我们生活,QQ 随之而来。每每夜深人静,我开启电脑,在 QQ 空间里写点日志,精心配上照片与应景的音乐,感悟生活,记录岁月,留下感动,生活是如此充实、平静和美好。

这世界变化真快,几年时光,微信又悄然走进我们的生活。与此同时,手机拍照功能越来越完善,走进不惑之年的我不时聊发"少年狂",遇到感动、美好的瞬间,社会、行业、家庭值得记录的大事,用手机随拍,写上几句发在朋友圈,引来朋友们或感动或开心的留言点赞。从此喜新厌旧,很少在 QQ 空间写较长的随笔日志,倒是每天一篇或者数篇微信日志,装点起我的日常生活。有时想想:当我老了,头发白了,睡意昏沉,戴了老花镜再看看曾经年轻时有图有真相的岁月痕迹、心境感悟,含饴弄孙时会是怎样的莞尔一笑,抑或感慨万千……

2013 年清明,我回到离居住城市不远的老家,眼见儿时插过秧的田地野草丛生,荒芜一片,实在可惜。于是整出约十亩土地,种下喜爱的花花草草,工作之余,偷得浮生半日闲,回乡下地,随手拍下一片叶、一朵花,发到朋友圈,引起朋友们广泛关注,不亦乐乎。此时老树画画横空出世,他随意勾勒几笔的画,配上温情的打油诗太有杀伤力,一下子征服了我。

青山一旁,住两间房。
拥几册书,有些余粮。
白云在远,秋风欲狂。
世间破事,去他个娘。

"我与大家一样焦虑,只有艺术能让我内心柔软。"他的画,总是寥寥数笔,传统的古典山水背景,一个或几个民国时期的长衫先生,胡乱生长的野花,那种味道和安详,有着"岁月静好"的感觉。

"垂钓江湖侧,放马水云间。独处多清净,何必到人前。"他的打油诗随意自然,对江湖的无奈、对职场的厌倦、对山水的迷醉、对乡村的向往,对一花一草的喜爱,不着天地的梦想,充满诗意的温馨,无不撩动着我的心弦。

"夏风越吹越远,乱花迷了人眼。你看那些蝴蝶,随花去了天边。"老树画画特有的画与打油诗相结合相得益彰,抚慰我们躁动、疲惫的心,令人拍案叫绝。

老树的模式打动着我,也鼓励着我,鼓励我这个对古诗平仄之不知、对现代诗意境之不晓且惰性十足的诗歌爱好者:自己也可以写诗!至于画画,我没有美术细胞,却可以用手机随手拍。于是每个清晨或者黄昏遛狗散步,对工作中的坚守感悟,周末回乡见闻,花朵的绽放,树叶的生长,都成为手机拍照的素材,并学着老树画画配起打油诗来。

2015年秋天,每天清晨6时许,我家的小狗美美(又美眉)准时闹我起床出门溜达,我居住的小区在本市的湖北职业技术学院,一荷塘一翠湖,各种风景美不胜收,吸引周边市民早晚来散步。某天看到自己喜爱的树,突然来了灵感,拍照数张,然后坐在石凳上写感受。就这样,每种植物写一篇,一口气写了十来篇,起名为"美美看世界"系列。这个系列发到朋友圈后,收到很多点赞支持。

据说很多人在这个时间点上正准备起床，起床前的第一件事是看微信朋友圈。或者这个时间在早餐店里刷朋友圈，抑或如我一样，一边晨走一边随手拍，还一边在朋友圈点赞。也是这段时间，远在省城每日晨走东湖的某"植物控"美女编辑，总是及时为我的"小美看世界"发来点赞留言、认同和鼓励。而我则看她冒着挨揍危险在朋友圈发她偷拍的市井百态。金秋的晨光里,我们天南地北的微友彼此都念想新鲜可人的图片,欢喜洋溢在心头。

「小美看世界之红枫」没有硕果累累，没有花儿芳香，枫树叶儿都着愧得红了脸庞。那动人的一抹红，意外感动了这有些悲伤的秋的时光。就象人需求的三个层次，果实是物质，花香是精神，早已吸引了你欣喜的目光。那就用这抹醉人的红，陪伴在你我追求灵魂的路上！

2016年元旦,身为老班长的我建了40多人的初中同学微信群。恰好毕业30年了,很多同学都是30年未见,每天聊得不亦乐乎。几位同学不时作点其他同学名字藏头打油诗,笑声在网上弥漫。后来我根据每个同学的微信头像试着写几句像诗样的句子,以其头像提供的信息为基础,诗句里含有此同学的真名或者网名,他(她)的职业特点、性格特点以及曾经和现在居住的地域特征,加上搞笑逗乐元素,马上被另一精通网络的"草帽哥"同学制作出来:将诗直接配到照片上。同学们都觉得"农夫"(我的网名)与"草帽哥"的配合玩得太有意思了,纷纷点赞,微信群顿时更加热闹起来。为了获取我和"草帽哥"的作品,大家竟然争相更换起头像来,群里连续下了几天红包雨,煞是热闹。

元宵节那天天气很好,我们到父母家吃团圆饭。在他们居住的小区转悠,一棵红梅、几树山茶花开得特别艳丽、放肆。自然拿起手机拍了一组照片,坐在木椅上写了首七绝。

院里红梅凌寒开，山茶怒放迎春来。喷泉开放迎佳节，家家团圆乐开怀！

应景的诗发在朋友圈很多人点赞，万万没有想到的是咸宁供电公司好友"如蓝"，还把这首不像样子的诗配照，用在她的文章《诗配照是中国的"国情"》中，并在"诗配照郝"的公众号上推出。如蓝的这篇文字一下子吸引了我。她引用诗配照艺术创始人、科学家郝晓光老师的话："唐诗宋词是汉语的巅峰，已经无法超越，但是诗配照可以补充，因为照片是那个年代不具备的。弘扬传统文化，需要在传承中有所创新，诗配照，正是传承中的创新。固有的诗词情节，配以便利的手机随手拍，诗配照是传统和当下最完美的结合，是迎合我们心灵需求的契合点。"随后，如蓝写道："只是，你是否在安静下来的那个瞬间，意识到了你想做或者在做诗配照。"

读完如蓝的文章，我很兴奋，也似乎明白了点儿什么。原来我平时随便用旧手机拍照的一花一草、有感触的瞬间，再模仿老树画画胡编乱写的打油体居然也是一种当下流行的艺术形式：诗配照，就是诗配照！就像我身边的几位作家朋友，自己的文章被选用，做了高考阅读理解的试题，自己却答不上来。就像上个月我们孝感市唯一获冰心文学奖的周芳《重症监护室》作品研讨会上，很多从事语文研究的著名学者各抒己见，分析其作品的写作技巧与结构。会后我们小坐，她却说构思写作时压根没那么去想。

关注了"诗配照郝"的公众号后，每期文章我必读，并进一步了解到：

诗配照是一种文化引领，是唯美中的大气，是一场诗歌史上的革命，是诗歌中的卡拉 OK，是生活的艺术。于是我发现这样的一种艺术形式太令人高兴了。就像如蓝初中时抄诗写诗一样，高中时，我也曾偷偷写了几本"汪国真"式的诗歌，如同今天模仿写"老树体"一样。每次读到另一好友、古诗词造诣很深的荆门供电公司作家"雨中丁香"发在朋友圈的好诗好词，为她的精准的遣字造句，倾心营造的优美意境暗暗喝彩，回味无穷。哦！原来中年的我诗歌情节一直都在，都在心里某个角落，哪怕眼前一个又一个的"苟且"，一个又一个将梦想击得粉碎的现实如漫天的黑夜不断吞噬着我，但是诗真的存在了我的心底。

圈内朋友几次邀我去参加本市诗词协会的活动，我总是"王顾左右而言他"，加以推辞，想想随时"被"来个"戴着镣铐跳舞"——赋诗一首，想想那些平仄的"镣铐"，心里直发怵，写点打油诗又恐高大上的"鸿儒"们笑讽我这个乡下"白丁"。

现在有了老树画画的榜样，有了诗配照的理论指导，我可以大方地丢掉镣铐，跳起"街舞""广场舞"，唱起街头"卡拉 OK"。照片随手拍，随时就地取材，不必为玩不转单反、买不起高贵的镜头而懊恼。笔力有限，天性懒惰，写不了大篇长文，诗配照正好迎合了我这个中年人有些沧桑的心态。

于是我用诗配照写我的工作状态和岁月感动。比如《除夕在保电岗位上给亲友拜年》。

又是一年除夕，值班不言放弃。
庆幸遇好天气，电力供应有序。
烟花真是绚丽，各位新年如意。

185

除夕在保电岗位上给亲友拜年

又是一年除夕，
值守不言放弃，
庆幸遇好天气，
电力供应有序，
烟花真是绚丽，
各位新年如意！

舅舅家拜年所感

初二艳阳照，
舅舅家拜年。
两只老母鸡，
正把鸡娃疼，
舅妈存鸡蛋，
全都送人情。
中午喝鸡汤，
心里颇伤神。

武汉赏梅

去趟大武汉，
醉倒在梅园。
天气很不错，
梅花好灿烂。

您的背影

童年，我坐在自行车后头，
您的背影高大宽厚，为我挡住寒流；

少年，我被挡在您宿舍床里头。

您的背影随鼾声起伏，让我乖乖午休；

青年，我被送到异地求学，

您转身的背影渐渐模糊，消失在人潮汹涌的街头；

如今，我还是不敢直视您昏花的眼眸，

您被我偷拍的背影，早已瘦小佝偻。

最有印象的是 2016 年 4 月 10 日早晨上班前带狗下楼溜达，走到一块草坪小广场处，那棵大茶花树上娇艳过的花渐渐开始落枝，惊奇发现树下有一个用落花摆出的心形。试想：大学校园内，高大的山茶树下，绿绿的草坪上，用刚落下鲜花摆成红红的心形，那是怎样的一种浪漫？制造浪漫的又是怎样有趣、有情的人儿？昨夜柔柔的月光下此处有怎样多情的故事？拿起手机多角度拍照时，小狗也陶醉其中似的抢镜头，立马写上几句打油诗表达我心里的欢欣。

尽管我的诗还处于"打油"阶段，字词的拿捏还不准，意境不突出，韵律还不够；照片还很杂乱，角度不是最佳，画面感、视觉冲击力还不够，处于"随手"阶段。但是我一定会在工作之外，茶余饭后加强学习，进一步用心领悟，在诗配照的艺术路上快乐行走，面朝远方，拍一路花开，写一

带狗校园溜达，又遇那棵山茶。暮春花开正艳，地下落红一片。红花摆成心形，哪位创意女生？小狗驻足不前，花儿乱了它眼！

路感动。

在平凡普通的许多日子里，我的诗配照是一个小人物的心境、感悟、记录、感动……为同事、为朋友、为祖国喝彩点赞，向社会向世界发声，尽管声音微弱，也是农夫的一声呐喊！

"除了眼前的苟且，还要有诗和远方！"你不觉得：诗和远方是当下最走心的风景？随手拍，随意写！朋友，我已在诗配照这种接地气的艺术里尽情地快乐，你呢？

故事

情人节那最后一吻

如 蓝

猴年情人节,赚足人们眼球、戳中网友泪点的,莫过于生死离别的两只鹅。

图片第一次出现在某网友微博中的时候,配发了这样文字:"与君吻离别,相送到村口,夕阳长身影,自此各天涯!"

看到照片 30 秒后,郝老师赋诗一首:"当年曲颈向天歌,相见已是隔银河。知心话儿说不尽,最后一吻似天鹅。"

在席卷网络的巨大转发量中,网友们纷纷以诗配照来抒情:"最后一吻诉衷肠,生死别离两茫茫。禽兽自有真情在,此情此景好悲怆。""引颈相依依,与君吻别离,梦中再见时,君在汤镬中。生亦何混混,死亦何戚戚。君去有我送,我去有谁送?""此去经年,应是永别,纵然白首,待汝归年。"

【第一集】这一吻,从此以后,天各一方,生死两茫茫!多么震撼人心的照片。请珍惜身边的爱你的人和你爱的人!

【第二集】村头摩托车肇事了 大鹅跑回去了 大伙都放心吧😄😄😄

【第三集】鹅到家了,下了这些蛋,蛋都孵出来鹅仔了

一鸟一人的搅笙
——诗配照创作文集

最后一场
当羊曲颈向天张
相见已是隔银河
如心语儿说不尽
最后一场做天鹅

……

一个特定的日子，一张特别的照片，静静地显示于电脑上，泪奔了许许多多的人。郝老师的一个同事就当场落泪。网友们除了写诗，还编了两只鹅的各类结局，可谓掀起一场全民大创作。

照片也会说话，照片也会吐露心声，照片撞击着人们柔软的心灵，何况在情人节的日子里，这样一张生死离别的照片，会勾起多少人的多少思绪。

一张照片和一组诗意感动

如　蓝

2016 年夏季的湖北，抗洪是万众一心的主题。这一年的洪水有个很大的特点：长江、湖泊、水库全面告警，从平原到山地，除了水还是水。

洪水与电有着天然的矛盾，那是因为电力线路、铁塔和电杆都在户外，都在洪水冲击的风口浪尖上。于是洪水一来，电力抢修成为必然。

2016 年的洪水很大，连村里的池塘也跟着泛滥。

事情发生在 7 月 4 日，湖北通城县沙堆村。大雨下了一天一夜，还在铺天盖地地下，池塘里的水快漫到了路面上，雨依然哗哗着不停息，整个沙堆村，到处是水。

突然间，村里没电了！

供电所很快来了人。原来，村里池塘边那棵老槐树，禁不起大雨的反复冲刷，竟然在顷刻间倒下。这一倒下不说，还把村里 380 伏的电线给挂断了，齐齐落入池塘。

带电的电线一落入池塘，电死了一批鱼。

看见池塘里漂起了鱼，有些村民欢喜着：捞起来，也算一顿美餐。

"水里有电！"刚刚赶来的电工边细华大喊一声！吓得村民们齐齐后退。

"能电死鱼，也能电死人呢！"边细华说。

在停下村里变压器，确定池塘安全后，抢修恢复供电的工作立即展开。

送电很容易，把断掉的线给接上。

但是送电又很难，因为断线在水中央，而且被树枝缠绞着，怎么也拉不上来。

　　瓢泼的大雨,混浊的池塘,几百户停电的人家。边细华二话不说,一跃跳入水中,他要解开电线与树枝的缠绕,他要将断线接上!

　　站在岸上的,是供电所所长何鹏。对于边细华的举动,他并没有太多的意外或者感触,因为这么多年来,每遇停电,他们都是用尽一切办法恢复供电:下水、爬山、穿沟、越坎……一直是这么做的。

　　这一回,他下意识地拿起了手机,记录下了洪水中,边细华抢修电路的一幕。

　　何鹏旋即将照片晒到了微信上。

　　于是朋友圈疯转,于是有媒体主动来电,于是宣传部来了人,于是电视台的人也来了……

　　郝晓光老师从微信上看到了这张照片,感动之余,即兴赋诗一首。

保电情

洪水泛滥袭咸宁,
风雨无阻保电行。
跳入池塘接断线,
鱼儿也叹人间情。

　　郝老师的诗配照一出,恍如一石激起千层浪,过家春教授和"NJY"合作一首。

沟壑洪流一顶红,
屏息锁眉接电中。
鱼儿疑似龙王复,
牵来银光羞月明。

一会儿工夫，微友"闲杂人员"也抛出一首。

致敬电工

孽怪肆虐江城冲，

一时汪洋黑暗中。

英雄水下复断线，

斩断妖龙战胜洪！

"野夫"也填了一首词。

浣溪沙·题抗洪照

五月山洪瀑楚天，

桥坍堤垮破良田，

千寻铁塔入龙洲。

艰险境中谁上阵，

倾盆雨里电人牵，

万家灯火总依然。

陈少勇再续上一首。

洪流入鱼塘，

银线伏水中。

农人欲渔之，

不觉命已凶。

电工边细华，

排险当先锋。

湿身何所惧，

国网志秉公。

罗勇也跟帖一首。

洪水泛滥袭咸宁，
顶风冒雨浪中行。
牵线保电何所惧，
紧危关头送真情。

······

　　说起洪水中的"壮举"，边细华从来都说没啥。这只是他千百次抢险中的一次，很平凡、很常规的一次。

　　"我是这个村供电台区管理员，村里没电了，我得负责。"他说。

　　混浊的洪水，凌乱的树枝，手握的电线，奋力向前的姿势······他感动了众多的网友。

　　2016年的洪水，留下许多伤痛，那些被洪水淹没的田野和鱼塘，那些失去家园的乡亲······2016年的洪水，也留下许多的感动。我们在与大自然的搏击中，撞出许许多多闪亮的瞬间，撞出许多颗美丽的心灵，譬如电工边细华。

画说诗配照台历

如 蓝

岁末年初,我们总会收到一些台历!有商务的,有文艺的,有生肖的,甚至有养生的这些年来,从外观设计到制作材质,台历可谓花样百出,让人应接不暇。

从 2012 年开始,郝晓光老师也制台历,台历的主题是诗配照。

台历,首先是中国的,其缘起于四千多年前的中国历法。那个时候,我们就有了被认为是全人类最古老的历书实物的甲骨历。唐代皇宫中使用的日历,唐诗云:"偶来松树下,高枕石头眠。山中无历日,寒尽不知年。"可知日历在当时的重要性。台历,算是日历中的一种,发展到现在,更精巧、更多样化。

诗配照台历,自然是中国文化的古今结合。

今天的照片,配上旧体诗。今天的设计,表达古老的历法。

诚然, 今天的人们有着层出不穷的模式和花样来装点自己的办公室和家,而且即便是电子万年历也无处不在,但是我们还是喜欢桌上那个台历,实实在在地记录着我们的昨天、今天和明天。

诗配照横空出世的时候,并不太惹人眼球。但是持续 6 年的坚持,让很多人瞪大了眼睛,不得不刮目相看。

我们的桌上可以摆放任意的台历,诗配照台历一定是独一无二的。有照片、有诗歌,工作累了,小憩一下,欣赏一下美照美诗,是不是很惬意呢。

记得第一次遇到郝老师的时候,他郑重其事地送给我一本诗配照台历,并且对着台历,给我宣讲了一番诗配照。好一阵风趣幽默,让我开怀大笑。

那时候,对于诗配照的认识还是一知半解,诗配照的台历,对于我而言,真是一件稀罕物和珍贵的文化物件,我摆在了最显眼的地方,时不时要揣摩上一阵。

2012年清明节驾车前往钟祥县因口镇青庙乡,探访当年知青故里。

　　到 2017 年的时候，我已经算是一个诗配照的传播人，这一年台历出来以后，我得到了更多。有一回，一位同事在电梯里看我手里的台历，遂索要。几个月后，我在他办公室看到，诗配照的台历同样摆放在最显眼的地方，而且正好翻到了当下的月份！一种成就感油然而升。

　　自从接触了诗配照，每一年岁末年初，便有一份关于台历的期待。点缀生活，装点环境，传播传统文化，诗配照的台历，肩负了更重的责任。

错过的精彩

万红英

那日，蓝妹妹打来电话：姐姐，我们现在去仙农山看云石舅舅（云石大哥一直称蓝妹妹为外甥），你能同行吗？我好心动。仙农山我向往已久，早就想去沾一沾那儿的仙气与灵气，去接一接那儿田园农庄的地气。还有那段时间正值仙农山多事之秋，又是水患又是电火，着实不顺，出于兄弟（云石兄一直称我为弟弟）情分，也该去看望慰问一番。无奈那日是工作日，杂务缠身，偷不得浮生半日闲，只好让蓝妹妹代为问候了。

不料，这一"只好"，便让我错过了诸般的精彩！听了蓝妹妹们回来后的描述，我一次次扼腕可惜，深悔那日未能放下杂务，脱逃一天。原来，那日仙农山之行，不只是两大江湖高手初次会晤那么简单，还有三顾茅庐的名士风采，更有华山论剑的惊心动魄！如此难得一见的剧情，我没去当观众，却任由这高手过招光芒交互的精彩擦肩错过，我只有悔哭了。

闲言少叙，言归正传。那日，为了推广诗配照运动，郝晓光博士兴致勃勃带着如蓝、冰心几人来到仙农山，准备"一顾茅庐"。云石先生带他们参观过灾后重建的山居，然后指着新近辟出的梅园、兰园、竹园、菊园，不无自豪地问来宾：我这仙农山虽然隐于山中，平日里尽享"采菊东篱下，悠然见南山"之惬意，亦不乏高朋满座，兴起之时自发组一诗社活动的雅趣，是否有"谈笑有鸿儒，往来无白丁"之陋室的味道？

原来，这云石先生赋闲之后独辟仙农山居，种菊植兰，吟诗作赋，半隐半仙，为人钦羡。晓光博士乍见之下，惊为仙人。观其形貌气质，活脱脱就是一杜甫。而云石先生与诗圣确有诸多相似之处。杜甫有茅屋,云石有山居;杜甫茅屋为秋风所破,云石山居被水火所毁;杜甫作《茅屋为秋风所破歌》,云石为答谢众亲友关心,亦作有山洪浸室诗作。

仙园一晌阔瑶池,
玉液琼浆荡碧枝。
我约龙王欣伴寝,
友临云阵笑装痴。
垄心有畅金沙泄,
峰骨无牵岳麓支。
大浪流觞谁与共?
半溪浊酒半山诗。

又有突遇电火天灾感各界慰怀谢诗一首。

水漫蜗居火满营,
仙翁犒我万千兵。
熊熊花焰峰魂醉,
烈烈巫山峡浪鸣。
忍看书烟腾瓦砾,
欣余笔胆借山城。
难能一炬从头跑,
干净乾坤好点睛。

云石诗虽比不上杜甫旷古之才,但其在灾难面前显露出来的乐观、洒脱、诙谐、旷达,同样令人赞叹不已。诚然,云石先生乃咸宁诗坛翘楚,于旧体诗词上的造诣鲜有人望其项背,堪称是本地的"文曲星"。他的仙农山庄建成之后,定为本土文人雅士云集向往之地。然而云石先生计划在山庄兴起的诗社"活动",被晓光博士的一招"运动"秒杀!

这次仙农山之行,原是郝晓光博士为了诗配照请李云石先生出山。郝晓光博士是中科院地球与物理研究所研究员,是一标准理工男,同时也是带着人文情怀的理工男，将诗配照作为一种新兴的文学体裁进行推广，便是这种情怀的反映。

那日参加在咸宁举办的诗配照研讨会，便对这种艺术形式有了一个基本了解，并且十分喜欢。原来诗配照是一项适合大众参与，便于广泛推广的"全民运动"。只要你喜欢古体诗、现代诗，喜欢摄影，便可加盟。其题材宜大宜小，宜古宜今，非常灵活。

大到政治事件，如《印度劫》。

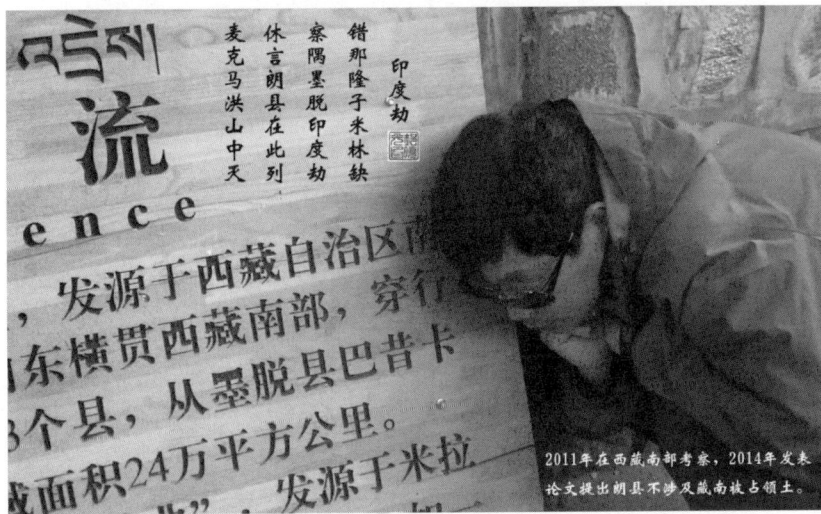

印度劫

错那隆子米林缺，
察隅墨脱印度劫。
休言朗县在此列，
麦克马洪山中灭。

小到一支《相思梅》。

相思梅

一羽相思落寒梅，
不离不弃难再飞。
寒梅到春瓣已碎，
相思衔花难醒醉。

可对着同一幅照片，表达不同的感悟。无论水平高下，自娱自乐即可。

题咸宁笔峰塔

烟笔祥塔岁月隆

巍巍傲立烟雨中

古今诗人皆吟诵

文化咸宁美景融

向阳湖笔峰塔

一塔入云似笔峰

当年曾照救蒙童

俯瞰向阳流放地

多少文曲在其中

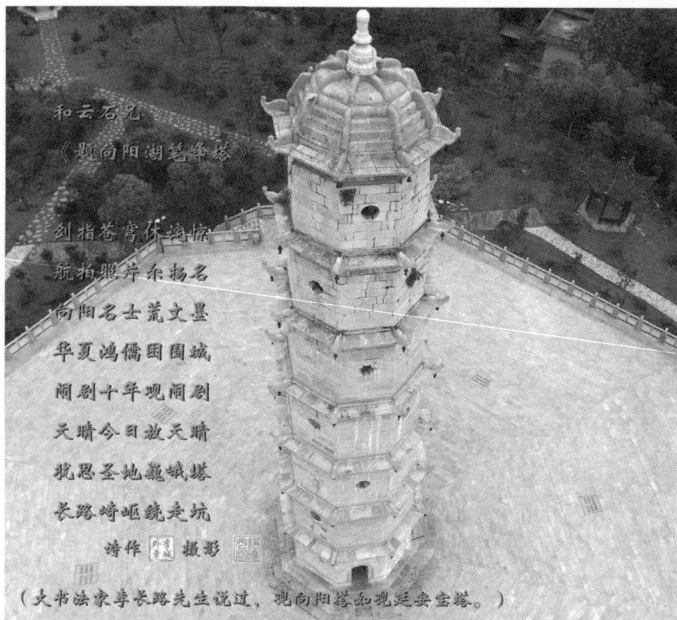

和云石兄
《题向阳湖笔峰塔》

刘指苍穹孰揽惊
沉拍照片尔扬名
向阳名士荒文墨
华夏鸿儒困围城
闹剧十年观闹剧
天晴今日放天晴
犹恩圣地龟城塔
长路崎岖绕走坑
　　诗作　摄影

（大书法家李长路先生说过，观向阳塔如观延安宝塔。）

题向阳湖笔峰塔

刘不峥嵘貌不惊
百年无恙亦成名
九湖仰止秋风墨
尺岭宽空北斗城
颠倒笔峰书颠倒
阴晴字壁见阴晴
秦皇可惜今无觅
遗址如留是墓坑
　　诗作　摄影

一照九诗

当晓光博士以诗配照这一"全民运动"拆招云石先生的"诗社活动"时,犹如一招利器,令云石先生心服口服。云石先生的诗社活动,以旧体诗为主,对参与者要求过高,太过阳春白雪,未免曲高和寡,难以大面积推广。而晓光博士的诗配照艺术,巧妙地将古体诗和照片结合起来,将一张略有意境的照片,配上一首原本普通的诗,竟可以化腐朽为神奇,达到一种艺术效果,让诗歌和照片同时增色,相得益彰。

当云石先生见识过晓光博士的诸多诗配照作品后,不由得大为赞叹,一时竟大有相识恨晚之感!二人一拍即合,云石先生当即决定以实际行动加入诗配照队伍。首先自觉将晓光博士诗配照"34 性"再作总结提炼,随后他为晓光博士的照片提诗六首。

三国时期的"三顾茅庐"的美传,晓光博士这"一顾"便与云石先生惺惺惜惺惺、相识恨晚、一拍即合,其成就感和愉悦感自不待言。面对名士风范的"文曲星"和一干真诚追随的忠实粉丝,岂能不一醉方休!

诗配照里藏南情

晏明翠

　　最早知道郝晓光这个名字是在互联网上,确切地说是一则既醒目又震撼的标题吸引了我:《中国要怎样才能收复藏南?这名学者一语震惊印度》。

　　通过互联网,我进一步了解到,2016 年 4 月 7 日,在中国国家地理大讲堂上,郝博士作了"中国地图藏南地区补白——藏南地区地名与地理学研究"专场讲座。讲座上,他首度提道:"是时候了,被印度控制的中国藏南地区地图应标传统地名。"

　　藏南,祖宗留下的土地,1914 年,因为一条"麦克马洪线",这块美丽富饶的土地为印度非法控制,成为国人心中半个世纪的痛。

　　2006 年,郝博士一头扎入藏南,4 年后,首度发表相关论文,直到 2016 年的"中国地理大讲堂"。此时,距离郝晓光开始介入藏南研究,已经整整 10 年。

　　10 年来,郝博士多次进藏进行科学考察,将《中国地图》上藏南被占领土地的地名从 9 个增加到 36 个(增补 27 个),并探寻了门巴族、洛巴族的中华血统。

　　4 月 12 日,郝晓光博士来到咸宁,在首届《诗配照》研讨会,系统地阐述了他对于诗配照的理解,以及诗配照的系统理论。我很荣幸地参加了此次研讨会。见到郝晓光博士时,他穿一件白色短袖 T 恤,一件衬衣很随意地搭在双肩,他为人谦和且温文尔雅,这和我在互联网上看到的那个历尽沧桑，多次一人闯藏南的学者有着太多的出入。我想象中他应该是一个满脸严肃，不苟言笑的学者，抑或是一个不懂诗情画意，不懂风花雪月的老头，然而一切太出乎我的意料。

整个诗配照研讨会，他吟诗作赋，谈笑风生，风趣、幽默、随性、才情四溢。当才情诗人与科考学者融为一体时，实在是让我敬佩得很。

而我记住了研讨会上，郝博士讲述的一张照片：在一个小村庄里，他和那里的藏族人民亲切交谈。他为这幅照片配诗《挽狂澜》。

本组片摘登在《中国国家地理》2005年第11期127页

挽狂澜

赤手空拳情何堪，

单枪匹马赴藏南。

蚍蜉撼树谈何易，

螳臂当车挽狂澜。

作为一个中国人，一个中国的科考学者，他有责任也有义务把消失已久的国家土地寻找回来，他找回的不仅是国家的土地，更是一个民族的尊严。面对那片被人遗忘的土地、那些质朴的中国藏族人民，郝晓光博士思绪万千，心潮澎湃，写下了《挽狂澜》。

一首诗一幅照，诠释了一个科学家的爱国情怀。

2015年6月，郝晓光博士单车前往藏南的朗县金东乡进行实地科考，查证了一座雪山和四条河流的名称。他单枪匹马，一人驾车行走在朗县的草原上，广袤的天空，蓝天白云，辽阔的草原上他开着吉普车倍感孤独，一道彩虹正如此时的他，孤独地出现在遥远的天边，或许是触景生情，他写下了《孤独彩虹》。

2015年6月单车前往藏南朗县金东乡进行实地科考，查证了一座雪山和四条河流的名称。

孤独彩虹

去年朗县才回归，
今年又访博沙拉。
小吉虽然仍孤独，
藏南已经现彩虹。

在孤独的行走中，他看到的是希望，是他日故土回归祖国的希望，如同天边的那一抹彩虹。

西藏的五彩经幡飘扬在门巴族的山脉、河流、寺庙，他们成为门巴族的一道独特风景。门巴族的山、门巴族的水、门巴族的木桥，一切是那么原始古朴。质朴的门巴族人诵藏经、信藏佛、虔诚朝拜。300年前的西藏"情诗王子"仓央嘉措就出生在这个美丽的地方，如此美丽的门巴族如今却控制在印度手里。郝晓光爱这片土地,爱仓央嘉措这位西藏的伟大诗人,望着美丽的门巴族,这个粗壮的汉子豁然间有了仓央嘉措的诗意情长。

藏　南

压根儿没见最好,

也省得情思萦绕,

原来不熟也好,

就不会这般神魂颠倒。

　　一个科学家对于藏南的情思,跃然纸上。为了这份国土,他数十次进藏。数十次进藏,意味着什么?意味着在平均气温零摄氏度、含氧量仅为内地 47%、紫外线辐射是内地 5 倍、平地行走也如同负重 20 公斤、躺下不动心脏负荷等同于内地爬上七层楼的环境下一次次考察;意味着穿越无人区的考验;意味着从清晨到第二天凌晨遇不到一户人家;意味着在简陋的兵站或者藏族人民家中留宿……

　　在进藏的路上,人们总能看见一行行虔诚的藏族人民朝拜着,他们跪行在朝圣的路途,一日、一月、一年、一生,他们虔诚且坚韧。郝晓光博士正如这些虔诚的藏族人民,他数十年虔诚地行走在藏南的科考路上,迎着风、迎着雪,孤独地行走朝拜。他不是用笔在写诗,而是用生命在藏南的土地上刻诗。如果说藏南的土地是一幅照,那么他的生命则是一首优美的诗。

有诗配照还赊月

成冰心

　　周末下午,仙农山庄庄主李云石老师来电邀约共进晚餐。此时,咸宁几位作家已经在前往仙农山路上。

　　和蓝姐联系后得知,《香泉都市报》副总编刘会文已先行抵达通山县城,我和本地女作家倪霞旋即联系上刘总,同车偕往仙农山。

　　下车才发现蓝姐一行竟同时抵达。自然又是一番寒暄畅聊,三个一群,两个一伙,围绕着仙农山的堂前屋后零星散坐,再也分不出谁是主谁是客……

　　席间,庄主李云石备下一大桌丰盛的特色佳肴。大盘小盏盛满了各色山珍野味。大家伙儿垂涎欲滴,纷纷争先占据"有利地形",名媛高士的文人风范早已一股脑儿抛到爪哇国去了。樊芳、万红英分坐李云石老师左右,庄主执筷莞尔:"自古都说美酒佳人,美酒佳人,现在佳人有了,酒呢,酒呢?"

　　诗人陈明耀大笑起身,撸起袖管,也不见作势,酒瓶只轻盈地几个往返,行云流水间众人面前的杯盏已满,竟然一滴未洒,大家不禁纷纷鼓掌叫好。

　　三巡之后氛围越发热闹。大家逗笑调侃刘会文先生日间在田里插秧是秀才扛机关枪,不但有图有真相,还有本人亲撰的打油诗为证。

今日回乡去栽田，

农活累否我不言。

云雾缠绕景如画，

快乐收工洗山泉。

（用通山黄沙方言念诵最具韵味）

宛如一石激起千层浪，刘的朋友圈很快被各方文友的跟帖刷爆了：

手把清秧栽满田，低头便见水中天。六根清净方为道，退步原来是向前。（倪霞推荐禅诗）

刘总周末回乡，田间体验插秧。夫妻同心协力，进退有模有样。（陈明耀）

刘总回乡插秧，装模又要装样。下田穿着水鞋，还要别人照相。（王运木）

老编乡下栽田，退步也是向前。姿态还算优美，稻熟可去挥镰？（郑安国）

可谓是：一张插秧照，两句打油诗，刷爆朋友圈，损友尽开颜。

大家意犹未尽，从线上的诗配照，聊到线下。许是怕我这些小辈不知晓农村插秧的实情。陈明耀即兴来了一段插秧舞，没想到陈老师身姿如此灵便，插秧的动作被模仿得惟妙惟肖。回到座位，他向大家解释，插秧是后退的，没有生活经历的人还以为得向前呢。

我惊讶这跳舞的动作怎会如此专业。一旁的倪霞主动揭开谜底，陈大哥原来可是专业班子，跳《白云深处》的，在那出知名舞台剧中，他每次都是第一个出场，还代表通山出访新加坡演出过的。我这才恍然大悟，暗叹自己有眼不识泰山。

我没料到的是,如此精彩的插秧舞还仅仅只是开场助兴,晚宴的"诗配照"才算正式开始。

"大家都端杯!"李云石老师突然变得一本正经起来:"喝了这杯酒,我有话说。"

大家听从老师的吩咐,纷纷一饮而尽。

"好,每个人都喝了!我替如蓝说个事情,希望在座的每个人,两个月内写一篇关于诗配照的文章!"李云石老师终于道出本次仙农山相会的主题!

在如蓝对诗配照的表述中,我蓦地想起杜甫《饮中八仙歌》,细数在座的文士笔友,哈哈,刚好"八仙"。

这一幕端的是——李白斗酒诗百篇,长安市上酒家眠,天子唤来不上船,自称臣是酒中仙。

"轮到谁了?大家继续。作诗的作诗,唱歌的唱歌,人人都要参与。"庄主再次布置重点任务。

"我来吧。"郑安国轻言细语道。

他不紧不慢地随口吟道:"仙农山上好风光,鸡鸭鱼肉只吃伤;帅哥靓女喜相会,喝酒有味如喝汤。"

巾帼不让须眉,与庄主以兄弟相称的万红英主动出击:"我给大家唱一段'贵妃醉酒'吧!"

酒席瞬间安静下来,伴着窗外薄雾般弥漫的夜色,红英姐清丽婉转的歌声在屋内低回盘旋,众人沉浸在她"贵妃醉酒"的词韵中,真真是,曲未终,人已醉。

"轮到我了,请给我五分钟广告时间!"刘会文依样画葫芦吊大家胃口。

未几,他边临空打着拍子,边用黄沙方言即兴朗诵应景诗一首:"今日农庄仙女会,又是吟诗又作对;一唱一和忘情乐,吾师点饮肠已醉。"(吾师指的是李云石老师)

蓝姐趁着"打油诗"的热烈氛围,也来了一曲红歌《红米饭南瓜汤》,大家和着曲调,渐渐地,独唱成了合唱……

翌日,庄主李云石老师关于前晚的聚会诗也出笼了:

溪紧垄张鸟领姣，

晴岚绿盖把云抛。

打油巧诈人生味，

转嗓悠扬古道箫。

密密新篁竞杆杆，

累累紫李喷天天。

有诗配照还赊月，

酒影花声挂满郊。

如蓝专门建微信"诗配照——通山群"，参与仙农山聚会的"50后""60后""70后""80后"齐聚本群。

倪霞第一个晒出她不久前创作的三首诗配照。接着，大家在群内纷纷发布自己的诗配照作品，不亦乐乎。不妨让我晒晒其中的一首。

老牛心声
文 陈明曜 摄影 徐国平
犁田的大哥
驾着铁牛是不是很拉风
可曾顾身后我的感受
这块阵地
昨天还是我耙稻的镰场
今天却只能一旁观望
倪不准明天就送我进厨房
我只有一个命愿
在几千年美记得的农耕文明
我身上挂满勋章

老牛心声

犁田的大哥，

驾着铁牛是不是很拉风？

可曾顾身后我的感受？

这块阵地，

昨天还是我驰骋的疆场，
今天却只能一旁观望，
说不准明天就送我进厨房。
我只有一个念想，
人类要记得，
几千年的农耕文明，
在我身上挂满勋章。

　　我从诗配照走过来；诗配照，一道艺术的彩虹；大美感的小熔炉；乐趣、情趣……诗配照对现代生活质量的影响；历史的延伸，现实的脚步……李云石老师又列出几个关于诗配照作文的标题，供大家参考。

　　对此，我心生期待，期待大家的大作，期待对于诗配照的深度解读。

寄一台相机给李白

华尔丹

三月天熹微，浓浓的迷雾罩着整座山城，看着太阳缓慢地爬进了视线，我对准焦距"咔嚓"几声锁定，"搞定，收工"。我一边打着哈欠，一边晃晃悠悠地下山。为了等个日出，清晨就在这山上趴着，着实又凉又困。想来摄影我也只是个业余的初级爱好者，但是菜鸟对新鲜事物总有着无限饱满的激情，幸运的是，我的三分钟热情还在持续燃烧。正所谓上山容易下山难，一个人扛着这么多装备，走了半个钟头，气喘吁吁，一直东瞅瞅西瞧瞧地想找个位置歇歇脚。"唉，那儿有个庙，果然山上有庙是标配。"我心中一喜，赶紧加快了步子，七拐八弯地来到了门前。呃，这个庙看来香火不怎么好，还是主持有大智慧，四大皆空，庙名都省了。"来来往往，往往来来，送来迎往，来而无往；真真假假，假假真真，取真去假，真中无假。"正在我琢磨这对联的时候，门"吱呀"一声开了，当我以为会看见身穿麻布僧衣的小沙弥叫我"施主"，面前出现的却是一个叫着"妹子"一脸市侩的大叔时，顿时我就蒙了，导演，你怎么不按剧本来呀。

"嘿，妹子，寄快递吗？"

"寄快递？"大脑顿时处于死机状态。

"来来来，进来坐坐，咱们慢慢聊。"

"等一下！你不会是骗子、强盗、山贼吧！"大脑重启成功。我用一脸鄙夷、惊恐等乱七八糟的表情看着他。

"你看我像吗？"大叔好笑地看着我。

我上上下下打量了他好久说："像。"正准备走人的时候，他就说了一个词，让我迈不开步，乖乖地跟他进了屋，好奇心果然能推动故事的发展进程。

"大叔，大叔，你是说'穿越'吗？我想去唐朝，因为唐朝发展好呀，如果历史课本没骗我的话。什么贞观之治、开元盛世，什么夜不闭户、路不拾遗。如果我在唐朝，我要发展唐朝的休闲娱乐事业……"

"等等等等，妹子，你先不要瞎想。"正当我一本正经地规划我唐朝事业美好蓝图的时候，大叔一脸无奈地打断了我。"我说的穿越不是指你，而是你的东西。我们这是快递公司，寄物不寄人。"

"快递呀，可以穿越时空的快递是吗？"我一脸疑问地望着他。

大叔一副孺子可教也的表情，甚是欣慰的样子。

"啊，对。"说着我把背包翻了个底朝天。除了吃的就是相机了，要是我寄点吃的回去，算不算为中国美食的发展做出了杰出贡献。想想自己都觉得好笑。

"寄相机吧。我也没别的什么了。"

"那你想寄给谁呢？"

"李白!"

"为什么？"大叔一脸疑惑看着我。

我则一脸嘚瑟地回答："大叔，这你就不懂了吧。李白，放到现代就是一文艺男青年呀，和咱是同类人。喜欢旅游，爱好小酌，特长写诗。要再是加上咱这高科技单反，跟你说都绝了。我这算是促进中国古代文艺事业的发展呀。"

"那你把你脖子上的家伙取下来吧。"

"不是这个，我要寄的是它——佳能 EOS M10 高画质，易操作，外形简约大方，机身轻巧便携。"

大叔白了我一眼，说："这个比你脖子上的便宜吧。"

"胡说，我是觉得这个更适合李白同学初级摄影菜鸟的级别。我先写个使用说明书还有注意事项，免得被他玩砸了。你看，我多么用心良苦。"

一个小时，洋洋洒洒又是写又是画的，真是写情书都没这么认真过了。好不容易搞定了表达我一番景仰之情的说明书后，大叔拿了个木质锦盒给我装相机。我问："防摔防水防暴力吗？"大叔没理我。然后往盒子上贴了个签，上面写着：718 年（开元六年）戴天大匡山，李白。然后叫我签个名,我大笔一挥,写下了"李小白"。正当得意的时候,大叔说:"留个售后地址,业务办理完成后,你可以交钱走了。"我问多少钱?他说,随缘。我问人民币还是银子。他说钱只是身外之物。我还纳闷嘀咕,既然是身外物还找我要。我回答说:"要银子,我也没有。"然后搁下十块人民币潇洒地走了。

话说,事情过去了大半个月,我才从惊喜中清醒。我觉得是不是被诓了,但是大叔又没主动找我要过钱财之类的,相机都是我自愿奉上的。要是骗子的话,该有多么高明呀。我决定,再去那里一探究竟。什么叫人去楼空,什么叫人走茶凉,什么叫人心不古。我只能哀叹,我上当啦!报警都会被嘲笑,索性当什么事也没发生过好了。

当我逐渐把这件事遗忘之际,正在家拿手机刷朋友圈的时候,"叮咚"门铃响了。我打开门一看,快递小哥。我纳闷想我最近没淘宝呀,是不是我妈买东西了。"请问,你是李小白吗?""李小白?"我思考咱全家上下都没有姓李的时候,问道:"小哥,你是不是送错了?"快递小哥也一脸茫然,对着我家门牌号一遍遍核对包裹上的地址,还念叨着:"没错呀,是这呀。"然后小哥用一副你不要质疑我的专业性的神态说:"地址是这里没错呀。是一个叫作'李白'寄来的。"李白?李小白?顿时,回忆如同一道闪电般像我劈来,打得我一个措手不及。"啊!对对对,李小白是我,是我!不好意思,淘宝昵称,一下子没记起来。"我签上快递单,抢过包裹,迅速关门。快递小哥估计被我弄蒙了。但是 Who care(谁在意),我现在只关心这个包裹里面装的什么。我兴奋得拆着快递一边发挥无限想象力,猜猜到底是什么。打开一看,不禁有些失望,一堆照片还有一沓素笺。图文连连看?我一脸不可思议,开始了图文拼接。

别匡山

晓峰如画参差碧，藤影风摇拂槛垂。
野径来多将犬伴，人间归晚带樵随。
看云客倚啼猿树，洗钵僧临失鹤池。
莫怪无心恋清境，已将书剑许明时。

秋下荆门

霜落荆门江树空，布帆无恙挂秋风。
此行不为鲈鱼鲙，自爱名山入剡中。

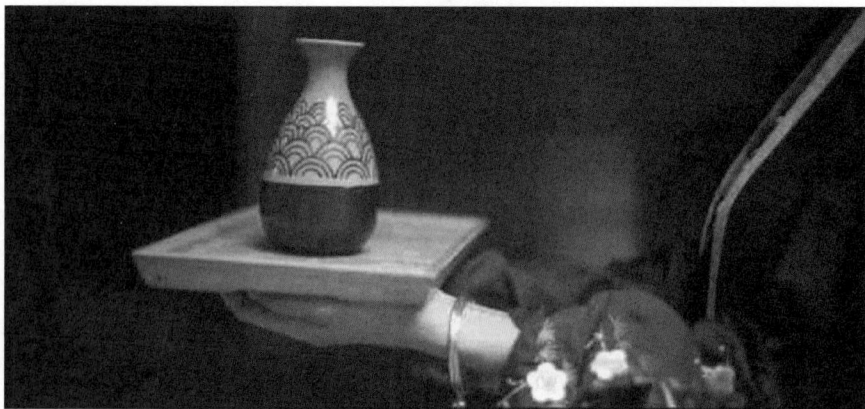

金陵酒肆留别

风吹柳花满店香，吴姬压酒唤客尝。
金陵子弟来相送，欲行不行各尽觞。
请君试问东流水，别意与之谁短长？

安陆白兆山桃花岩寄刘侍御绾

云卧三十年，好闲复爱仙。
蓬壶虽冥绝，鸾鹤心悠然。
归来桃花岩，得憩云窗眠。
对岭人共语，饮潭猿相连。
时升翠微上，邈若罗浮巅。
两岑抱东壑，一嶂横西天。
树杂日易隐，崖倾月难圆。
芳草换野色，飞萝摇春烟。
入远构石室，选幽开上田。
独此林下意，杳无区中缘。
永辞霜台客，千载方来旋。

看着这项浩大的工程,我心中疑虑万千。李白给我寄照片了? 他会用微单了? 而且还是我教的? 这诗与照片又蕴藏了什么秘密? 我和李白穿越千年,来了一场诗与照的游戏。

　　我想所有这些,真的只是一个梦! 但是我确信,我真的有种欲望,寄一台相机给李白。如果拥有一台相机,会给天才的李白带去多少灵感,以及奇思妙想!

　　话说回来,正是因为李白的时代没有相机,作为今天的诗配照,才别具特色,才有了与唐诗宋词相提并论的底气呢!

两篇诗配照的巧遇奇缘

韩 志

　　我做梦也没想到，我在自己微信的朋友圈里随意发了两篇自己家乡向阳湖灾情的"诗配照"后，竟引发了一场爱心捐款和在送款过程中的巧遇奇缘，这事还得从头说起。

　　7月初以来，一场又一场的强降雨袭击着鄂南大地，猛烈的汛情不断冲击人们的视线，洪水、淹没、倒堤等消息一次又一次紧揪着人们的心弦。我在繁忙的工作之中也不断关注着我的家乡——向阳湖，我的亲人——年迈的父母。斧头湖告急，向阳湖大堤告急，西凉湖告急，倾盆大雨中，我不断打电话回老家问父亲：今天的大水如何了？父亲在电话那头断断续续地说："水真大啊，比（一九）九八年的还大。"我的心一阵紧似一阵，听着父亲饱经沧桑的话语："与（一九）五四年的也有一比呀，你娘的菜园都淹一半了。"我听了心揪得更紧。

　　刻不容缓，7月7日下班后，我与爱人一起匆匆赶回向阳湖老屋专家湖下湾，看望父母。一见面，看到两个老人还都好好的，妻风趣地说："大水还没将您两位老人冲跑呀?!"母亲笑吟吟地说："我这把老骨头冲跑了也没什么。"妻忙说："您冲跑了，我们怎么好向您孙子交代啊。"说着赶紧拿出父母亲最爱吃的卤猪脚和凉面，陪两位老人喝酒。我呢，心系儿时的湖岸，匆匆拿着手机到湖边拍照。哇！母亲的菜园果真淹了一半，茄子、辣椒正被污水浸泡着，让人好生心疼。通往湖区鱼池横堤和石子路都被淹了，小船儿顽皮地停靠在石子路上了。

各家的鱼池堤上虽然都插上了拦网，但遇到儿时的伙伴、现今的鱼池老板们一个个垂头丧气，一脸听天由命的样子："鱼池都浑了，龙虾也充公了，鱼儿们都自由了。"他们还不失黑色幽默地说："今年的鱼可都是野生的了，肯定好吃""损失惨重啊""全丢了"……我边与他们聊天，边心疼地看着他们那一夜愁白的头发和充满血丝的倦眼。看得出，他们与风雨搏斗了几日几夜，黝黑的皮肤使我想起海明威的《老人与海》，他们被大水击倒了，但他们没有被打败！我鼓励他们说："有了三峡大坝，再大的水也不会大到哪里去的，你们插好拦网，肉烂在锅里，多喂点饲料，想必鱼儿们也不会跑远的。"他们似乎相信我所说的，脸上露出了勉强的笑。

说着，我与儿时伙伴油平一起到湖中给鱼喂饲料，又在湖中拍照，也请他给我照了几张与洪水的合影，我是不是有点矫情呢？

回到老屋，妻还在陪父母饮酒拉家常，母亲一副怡然自得的样子，端着酒杯很是陶醉，这不就是李白、陶渊明的那份洒脱吗？若说我有点诗人气质，这种遗传自然来自母亲。父亲79岁了，母亲也有77岁，两个老人都在这湾子剩下的唯一老屋里执拗地生活着，我们多次邀请他们到城里和我们同住，可是他们都说："几十年都住在湖边，要是看不到水，听不到水声就睡不踏实。"其实，在我的内心深处，又何尝不是这样呢。我天性喜欢水，喜欢游泳，也考虑到退休后，回到湖边老屋来居住，像我的父亲母亲、像陶渊明一样饮酒采菊。

　　当晚回家后，我将大水和亲情的照片发到微信朋友圈，一时间，引来了众多微友的关注和关心。我在微信中用"诗配照"写道：

　　　　大水淹到了我村庄，
　　　　我家成了岸边的船，
　　　　父母依然顽强地在水边停靠着，
　　　　仿佛还是我儿时那样的执拗。

　　7月9日，周六，咸安区摄影家协会主席鲁一凡打电话，约我去乡下拍洪水及灾情，我果断地推荐他去向阳湖。我们一拍即合，第一站就是我的老屋。这一回，我又拍下了满湖的大水和父母亲，随后，我到了儿时生活过的孙家咀，拍了湖对岸赤壁市的西凉湖嘴、龟山、蛇山和聂家泉。再到汪家湾拍斧头湖，远远地看到，向阳湖大坝八字口上党旗飘飘，救灾棚一个接一个。从汪家湾出来，我们又到了大屋吴，看了西凉湖边吴继斌家的鱼池，又看到大水淹没的玉米地，以及洪水中顽强开放着的荷花，还有鲜艳莲蓬。我随手摘了几个，又嫩又甜，满口是儿时的味道。最后，我们到了西凉湖自然保护区观察站，站在三楼楼顶上，看到我儿时跟父亲一起打鱼的西凉湖，如今已是"一片汪洋都不见"……

　　7月16日，周六，我又到大排档买了父母亲喜欢吃的卤猪脚和凉面等，匆匆赶回日夜牵挂的老屋。大水还没退去，儿时的伙伴们依然在忙碌：

喂鱼饲料,清理拦网。我在心里也暗暗为他们祈祷:但愿鱼儿们都喂熟了,成了自家孩子,乖乖的,不跑啊!

拿起手机,我又是一翻狂拍。

回来后,我又发了一组微信图片,并配上打油诗:

大水中的父母和老屋

大水淹到了家门口,
日夜牵挂着爹和娘,
买些卤猪脚下酒菜,
慰问压惊和拉家常。

哇!又引来很多微信朋友的点赞和关注。不久,文友如蓝打来电话说:她及他们咸宁供电公司"咸电之光义工协会"正在为灾民捐款,20多人一下子捐了4000元钱,请我带到向阳湖灾民手中,略表心意。

这一举动让我十分感激,然而向阳湖的灾民很多,捐给谁更合适更有意义呢?琢磨了良久,突然灵光一现:有了,那就捐给与向阳湖文化有关村组的灾民吧!这样既慰问了灾民,又宣传了向阳湖文化。如蓝听了很激动,好啊,亏你想到的,这样更有意义。

很快,我跟向阳湖有关镇村干部联系,选定了四个地方:一是当年文化部五七干校大文人们的集居地王六嘴,这里曾住过冰心、臧克家、张光年、牛汉等大诗人；二是五七干校二十五连人民美术出版社大画家们居住的地方大路胡湾，这里曾住过邵宇、邹雅、卢光照、孟庆江等画家；三是文化部政治部曾住过的小村庄胡黄张湾，这里居住过周巍峙、司徒慧敏等大家；四是文化部五七干校先遣队居住过的专家湾。

7月18日下午，我与如蓝约好，一起到向阳湖送捐款。在大路胡湾，我们将捐款送给受灾的独居老人黄伏珍，老人指着对面堰塘堤角的大枫树说：当年五七干校的大画家们经常来画这棵大枫树。如蓝也兴奋地忆起曾在此采访过一位老人，给画家孟庆江当过模特，至今家里还保留着孟庆江画的头像呢。其后，我们在向阳湖镇防汛突击队员朱军民的带领下，一起去胡黄张。途经秧田湾小学的时候，我们忆起：这可是当年司徒慧敏晨练的线路，那时候，他每天早晨天未亮就起床，跑步到小学的时候，会叫醒当年的民办老师詹承美，嘱他起来读书。詹在司徒的督促下真的学有所成，恢复高考后考上了大学。詹老师多次幸福地回忆道：一辈子最要感激的人就是司徒慧敏部长，是他改变了我的人生。

在向阳湖大堤上，我们看到党旗招展的向阳湖围垸防汛抗旱第七指挥所，看到戴着"防汛巡查"红袖箍的镇村组干部，感受着防汛的紧张气氛。我们也戴上借用他们的红袖箍，在指挥所帐篷前照相留念，装模作样地当上一回威风凛凛的防汛突击队员。

彼此觉得有趣、好玩的时候，看到真正的守堤队员晒黑的脸庞，心里不禁生出了敬意。看那六七十岁的老大爷也身在其中，大有一副为国出征的样子，更是让人肃然起敬。这时，朱军民领来了受捐对象张志敏，我们一见到他，觉得他有些面熟，一问才得知，原来他正是当年司徒慧敏接生下来的小子，如蓝与我前些年也曾采访过他。当年他母亲难产，没有男劳力送她到医院，又来不及请医生，懂得点接生知识的司徒慧敏君可是救了他们娘俩的命。张家为了报达司徒慧敏的救命之恩，就将儿子起名为志敏，意思是要儿子立志向司徒慧敏学习，长大后做一个有益于社会的人。在这次洪灾中，张家200亩鱼池被淹，真是损失惨重啊！

离开胡黄张，我和如蓝不禁感叹：人生真是有缘啊，小小的两篇诗配照，引发了一场爱心捐款不说，还在送捐款的过程中，又巧遇当年向阳湖文化名人的有缘人，真是太有缘了啊……

最后一站是甘棠村19组专家湾，是当年文化部五七干校先遣队的驻地，如蓝和我也多次来此采访过，有感于当地群众当年对文化人的热情。这里受灾群众较多，遗憾的是捐款份额有限，只能选一户代表受赠。如蓝看到受灾户孙兰香的老屋破烂不堪时，对老人不断安慰，夕阳的余晖洒在她的脸庞上，仿佛现世观音……

啊！真真感谢"诗配照"这种崭新的文学形式，感谢教会我弄"诗配照"的郝晓光博士！要知道，更为有缘的是，郝晓光当年也随父母亲下放文化部向阳湖五七干校，是个响当当的"向阳花"呢。

当然，我还要感谢我本人，特别是要代表向阳湖灾民衷心感谢"咸电之光义工协会"的全体义工，我在此向你们致敬了！

一个诗人的摇篮——诗配照创作文集

看遍人生好风景

冷 冰

草地上

清晨的阳光穿过林间草丛，
牛舌叶、芨芨草、苦菜们，
还有三只蚂蚁，一只螳螂和一只瓢虫，
呈现在这一小块光芒之地。
它们专注于奔走和正在啃食的草叶，
不见惊慌与得意，
明亮的光，在拥挤的草叶间变形，
阴影也深了，深得纯粹，
风让两片不同形状的叶子相碰致意，
露水晶莹，自己落在草根下，
一切未加修饰，一片草摊开，
它们的凌乱使人着迷。

老 宅

几百年的时间残骸，

堆满曾经的豪宅，

奢华腐烂之后，更心酸、丑陋或狰狞。

雨水一遍一遍清洗，尘埃终于成泥，

窗户穿过风，也穿过野猫和老鼠。

砖上的雕花残了，墙上的墨迹淡了，

诗意却越来越浓，

并且，滋生出青苔斑驳的悲情，

贴紧每一条窄窄的缝隙，

堵住了历史的遗忘与叹息。

　　这些短短的诗配照，来自我的夜微记。夜微记，即每天晚上，我把当天的随感用诗作或者短文的方式，配上照片在微信朋友圈推出，用我的方式打量着这个匆忙而又繁复的世界，思索并书写着对生活、对生命的感知与体悟。这样的写作，已经写了 3 年时间，20 万字。

　　"文字、阳光和亲人的笑脸，人世间最美好的三样东西。"这是我写在夜微记中的文字，也是我写作生活的核心。这三样东西并无先后之分，它们同时存在，并且都与阅读有关。

> 一个纸箱，
> 快递员递给我的时候说：
> 沉，您拿住。
>
> 一摞新书和我并排而卧，
> 一侧，它喋喋不休，
> 摸起，拿在手里，
> 它才安静。

我用一首小诗写明了书和我的状态。一本书放在那里，看到它，你会不由自主地伸出手去。读得多了，就会有一些想法，有想法就想写下来，这是个自然而然的过程，而且因为热爱生活，有那么多美好的事物值得我去爱，值得表达。

于是一首诗，又一首诗，一路写了下来。

写啊写，我乐在其中。有了微信之后，我便乐于把这些文字在朋友圈里分享，与此同时，一定要配上一张照片，表达自己的感悟。

文字就是有生命的，照片的形象也是文字的有益补充。只要遇到思想的光芒，两者相得益彰。小诗配上照片后，我发现，朋友们真的很喜欢。

再然后，我的公众号上每一首诗或者一篇短文的后面，也精选一张照片，无论对我，还是朋友，都是一种享受。

每天一首小诗，释放心中生长的思想草木和流荡的云霭，让生命自由而愉悦地成长。

每天一张照片，记录生活的印记，晾晒我此时此刻的心情。

几句小诗，一张照片，小微、灵动、洒脱，各自独立而又相互链接。在当下快节奏的生活之中，我愿意用这种安静的方式，更好地适应时代，作一种尝试与探索。

惊魂 20 秒

如 蓝

　　"诗配照郝"公众平台建起后,我被郝晓光老师封为"蓝总",负责平台稿件的发布。

　　不知从哪天起,"诗配照郝"公众平台决定每五天发布一次稿件,逢"五"逢"十"的日子发布。用郝老师的话说就是,五天一次,便于公众号的"苟延残喘",省得一天一次"货源"紧张。

　　9 月 19 日,郝老师告知我,20 日早 7:05 他将从北京飞内蒙古的乌兰浩特,到科尔沁草原的某地进行"绝对重力测量"。由于公众平台发布稿件需要郝老师用手机扫码,也就是说,20 日稿件的发布时间得避开他在飞机上的时间。如果早上发布,得在飞机起飞前。

　　早上 6:40 左右,我将稿子传了上去,马上在微信留言,请郝老师扫码。没有收到回复,我给他打了个电话,电话也没有接。我想,此时或许在登机,环境比较嘈杂。

　　离飞机起飞时间不多了,我想不如作罢,做早餐去了。

　　一边做着早餐,心里还惦记着手机,想郝老师看到来电未接是不是会回电话,赶紧回房间一看,果然郝老师打了电话过来,我没有接到。

　　如果回复过去,现在时间已经过了 7:00,马上逼近 7:05,飞机马上要起飞了,他得关机了。还是作罢,我想。

　　手机又响了起来,郝老师打来了电话:可以发,应该还有时间!他很镇静地说。

他出奇地镇静给了我勇气。还好,电脑没关,随时处于发布状态。看来,我还是为自己留有余地。

扫码,传送! 再微信请郝老师确认!

"那我关机了!"

7:10,郝老师发来微信。

看来飞机有少许晚点,不过也要马上起飞了。

但是上传的内容还需他扫码发布。

"还未发布。"我回复。心里打着鼓,郝老师说要关机,应该是飞机要起飞了,会不会太危险!

很快,内容发布出来了!

我舒了一口气。此时,厨房里水壶还在拼命叫,是的,水烧开了一会儿!

箭一般地冲入厨房,关了火。心里却还惦记着飞机。

早上 8:48,郝老师发来微信:他抵达乌兰浩特了! 我心里的石头总算落了地。

"精彩的配合,令人心战。"

"心脏病差点犯了。"

"飞机前轮离地我才关机。"

天哪! 郝老师如此镇静的语气,他所处的,竟然是这样危险的环境。

"故作从容,怕你慌乱。"他说。

他从容地跟我说"不急,还有时间"的时候,空姐正向他怒吼:"你到底关不关机!"

就在飞机起飞前的一刹那,文章发布出去! 手机关机!

当我不慌不忙操作的时候,我哪里知道,千里之外,上演的是这出戏!

郝老师继续讲述:"因为没有违规,飞机起飞前 20 秒,我关机了。"

需要特别说明的是,这天发布的文章标题为"柳暗花明又一村"。不得不说,真是应景啊! 更让人惊喜的是,这次郝老师在内蒙古草原出差期间还创作了两首诗配照,《科尔沁的天》和《马头琴》。

一亿法人 的摇篮

——诗配照创作文集

科尔沁的天

百业科学总为先，
艰苦奋斗永向前。
绝对重力能观测，
草原战士映蓝天。
（照片上就有郝老师
的绝对重力仪）

马头琴

成吉思汗战鼓急，
百万雄兵听马蹄。
父亲草原低声唱，
母亲的河在哭泣。
（照片上就有成吉思
汗的坐像）

行走旅途

汪 依

我喜欢行走。

人生就像一场旅途,但我喜欢用行走来诠释这个曼妙的过程。我一直坚信:读万卷书和行万里路是同等的重要!我甚至更认同女孩子应该多走走,世界将大不同。用脚衡量长途跋涉的艰辛,用眼睛欣赏沿途的风景,用嘴巴记住当地的风味,用心体会不同的风土人情。这样的阅历更为丰富,当我老了,头发白了,炉火旁打盹儿,回忆青春,我不曾后悔曾经有这样畅想人生的时辰。

我酷爱骑行。曾在每个周末,我总要抽出一天,骑着山地车去"享受"下大自然的风光带给我的快感!而这个行程少则 30 千米,多则 140 千米。因此我认识了许多志同道合的朋友,大家形成了一个小型的团队。每到假日,大家提前一天定好线路,做好攻略,自由报名骑行。每次的活动总能给我带来惊喜,我看到了小桥流水,我听到了风吹稻黄的声音,我闻到了山花飘香,我摸到了古宅老屋,历史遗址。我每一次骑行,总会去拍些图片,写些文字,记录成故事,这是我"行走"的痕迹。认识郝晓光博士后,我才发现原来还有一种"行走"更有意思,他作为中科院测量与地球物理研究所研究员,"竖版地图之父",却提出了"诗配照"这种新文体。初次见到他,吟诗作赋、风趣幽默,和想象中的古板学者背道而驰。他,诗情画意,从骨子里透着自信劲,是个言语犀利,狂放不羁的可爱诗人!一个人有多大的格局才有多大的胸襟,有多大的胸襟就能看到多大的世界。他就是这么个多元化的才子！推广起他的文体，实在亲民：所谓的"诗配照"，其实就是一首"离不开照片"的诗。这让我止不住去翻阅 2010 年 10 月 7 日的骑行日志，那是我第一次带队去骑行古田，翻山越岭，陡坡小路。骑友忍不住为我写了一首诗，现在时过六年，我也早为人妻，为人母，但是再次看到这张照片，这首小诗，我还是满满的感动，对我来说，这是最走心的记忆，最美丽的回忆！

赞芊芊雨莲

十八少女一枝花，

骑车远近都参加，

个头虽小能吃苦，

性格体能都很佳，

路远坡陡脚下走，

十万骑中一小丫，

快快找个好人家，

大红花轿来抬拉！

2016 年的国庆，几个朋友相邀自驾川西线。因为前方的路永远充满了未知和挑战，我们有太多的期待，也有太多的迷茫。路途中常见骑行的、徒步的，全副武装，只看到一双眼睛在帽檐下闪烁，那么坚持，那么的执着。这条路到底有着怎么样的魔力，把大家都吸引来了这里？站在"康巴第一关"——折多山，我们忍不住高呼跳跃，那些盘旋的道路显得那么小，我们忘记了几天来连续每天十几个小时车程的艰辛，更多的是当前的震撼！折多山的盘山公路是名副其实的"九曲十八弯"，远眺之处，重峦叠嶂，白雪皑皑，号称"蜀山之王"，海拔 7556 米的贡嘎山巅，近在眼前。我们一路向西，经历了塌方、水淹、高反。大家感慨这次的行程，情不自禁地背起了《蜀道难》，我也忍不住轻语。

蜀道难
长徒迁移望雪山，
不到贡嘎誓不还。
江南秀丽家归处，
哪知偏是蜀道难？

蜀道难

长徒迁移望雪山，

不到贡嘎誓不还。

江南秀丽家归处，

哪知偏是蜀道难？

是的，这就是答案！因为我们来过，所以不后悔！因为我们体验过，所以更加珍惜。去往川西、青藏线路的人，想必都能体会我的这种感受，远离熟悉的生活环境，来到这种特殊的地理位置，所谓的功名利禄都显得那么微不足道。在这里，我们拾得初心，众生平等，那么多的骄傲，那么多的焦虑,在这里都烟消云散。我家先生常常不能理解我的这种"行走",他觉得徒步、骑行、攀岩、蹦极,这些种种的户外行为都是一种自虐。是的,他看到了我的疲惫、伤痛、汗水,却没有发现我在骨子里的蜕变,血液里的喜悦。现在的生活太多的紧张和压抑,快节奏的网络传播忽略了人们太多心底的感受。大家的审美成了一种"快餐",我需要些慢动作,就像郝老师一样,生活是一件很精致的事情,我们可以简单,但是不要恶俗! 一个人心底的东西是做不了假的,因为每个人的生活状况都反映了他的心底世界。每个人的生活不可复制! 我不愿被消极散漫所影响,朋友圈会自动屏蔽掉那些抱怨和不满。我认同郝晓光老师的理念,是因为他心怀天下的格局,他"老顽童"般的气质下藏着一颗单纯朴实的心。郝老师的情怀显于他的照片中,写在他的诗里,字字珠玑,让人细细体会,回味无穷!

走向虚无

赤橙黄绿扬彩幡,
前世今生总为难。
手握经轮来旋转,
却把红尘已看穿。

郝晓光老师说,"诗配照"是一种有益的文化引领。我相信当照片和诗歌相配合,就变成了一种情景交融的世界。这是一种相得益彰的体验,更是一种对生活积极态度的传承,我愿意用这种唯美的、简单的、情感的方式来"行走"旅途,书写我的生活,我的故事!

黄山行记

浮生一醉

已经很久了，那古老的村庄，同样古老的宅第，穿村而过的小溪，在我的心里，还是神一般的存在。

"五岳归来不看山，黄山归来不看岳。"读着读着，我有一种不上黄山不罢休的决心。

四月，春还未老。携妻成黄山之行，与同学胡君、丁君为伴。先到光明顶，很快成诗一首。

登光明顶

携童心以寻路，
策病腿而登山，
涉险境以自傲，

临孤峰而旷然。

环观浩宇，
长烟一空，
青松叠翠，
群峰尽出。

忽有心雄万丈，
此生不虚之感。
高乎伟哉，
光明顶！

沿光明顶拾级而下，蜿蜒曲折，愈行愈低，松影四合，偶尔才从叶隙间漏出数米阳光。

水渐生而成溪，兰渐聚而成丛，峰林耸峙的雄浑立刻让位于流溪丰草的婉约。众游客曰：到西海大峡谷了。

这就是亦刚亦柔的黄山，这就是让人亦惊亦喜的黄山！石峰兀出，不生寸草，虽然苍茫雄浑，折断无数英雄腰，但它仍不忘留下一垄谷地，让弱草聚生，成就着些微点滴生命。就像男人，骨坚如削，心硬似铁，仍然会在心灵的隐秘之地辟一处巢穴，留与温柔居住。

山比之人，其形其性殊异，然其一心也。我想，董仲舒说的天人合一，大概也可以理解为这个意思吧？

休息毕，拿起手杖再出发。于是再感动到，怎么可能没有诗？

玉屏风光

在深山里，
有最干净的干净，
找不到红尘。

在深山里，
有最寂静的寂静，
除了虫鸣。

在深山里，
有最黑暗的黑暗，
如果没有天上的星辰。

在深山里，
有最光明的峰峦的脸，
像蓝天一样透明。

在深山里，
有最沉重的沉重，
如果没有飞鸟的掠影。

在深山里，
有最轻盈的轻盈，
如果没有断崖的背景。

在深山里，
有最热烈的成长，
有最安静的飘零。

在深山里，
种下自己的心，
就长出诗的坟茔。

在深山里
······

桂在咸宁

如 蓝

咸宁,又名桂花之乡。

每到入秋时分,几乎是一夜之间,满城便笼罩在桂香中。每在这样的时候,我习惯于将阳台门开着,无论是入睡还是进出房间,不经意间,会有一阵桂香飘来,不需要凭空想象,沁人心脾一词便跃上了心头。

上班途中,一路全是桂花香;刚进入某小区,迎面袭来一阵桂花香。一转身,一抬脚,一低眉间,就来了桂香。除了拥抱,除了享受,我想,没有谁会痴呆到拒绝桂花的境地。

我在咸宁生活了很多年,对于桂花的感觉,莫过于此,即每年桂花开放的季节,那一阵又一阵的沁人心脾。

变化来自 2017 年的秋天。

听说桂花镇要举办一次桂花节,我欣然前往。因为在咸宁,桂花最核心的代言者莫过于桂花镇。相关资料显示:桂花镇里的桂花有 9 个品种,50 年以上的桂花树 20 余万株,100 年以上的桂花树 10 万多株,最老的一株有 680 多年树龄,最大的一棵占地 0.8 亩。另外,这里有 5000 万棵桂花苗。

带着一份探究的欲望,我走进桂花镇,于是,我见到了桂花的真面目,洞悉了咸宁之为桂乡的更内在的东西。

我想,我不需要描述这里几百年的桂花树,也无须赘述打桂花的场景,因为桂花节的那天,所有媒体人都赶到了桂花树下;还因为,每一年,一拨又一拨的摄影人把镜头描准了打桂花。

我的目标很具体，我要看看打桂花日子里的桂花镇，我要看看打下的桂花何去何从。

我发现，几乎走不了多远，就有一户人家门口呈现出一堆黄灿灿，不是稻谷，全是刚打下来的桂花噢。一个簸箕，或者一个筛子，上面摊开了桂花，几个女子在上面分捡着叶子和杂枝，宛如一道道的景致，别有风情。

再然后，在桂花加工作坊，农户们将打下的桂花用麻袋装着、用箩筐装着，或者直接用农用车的斗装着，一拨接一拨地送了过来。鲜桂花6元钱一斤，这是今年价格。我遇到的一个农户，一次送了3000斤过来，为此，他家今天请了几个帮工，帮着打桂花。

在另一户人家，惊现几十袋的盐，每袋100斤的那种。仔细了解方知，这些盐将全部用于腌制桂花。新鲜的桂花放置时间不能超过半天，如果不能及时烤干，就只有腌制起来。一个巨大的水泥池子，专门用来腌桂花。

而在桂花加工作坊里，成百上千的烘盘，专门用来装鲜桂花，送到一次性可以烘烤200余盘的巨大烘笼上烘烤。用于存放干桂花的冷库，有一个房了般大小，让你目瞪口呆。结论是，干桂花并不就是打下的桂花晾晒一下那么简单噢。由于这里的桂花花多、花密、朵大、瓣厚、色鲜、香浓，中国台湾的商人，会直接到这个冷库来取货。微商、电商也正火爆。

不到桂花镇，对于桂花，永远只停留在树上一朵朵，周边一片香，再或者，便是文艺作品中的诗情画意。而在桂花镇，我眼里的桂花是一种具体的经济，具体到那些运送和加工鲜桂花的忙碌中，惦记的是这一车桂花有多重，那一笼桂花可烤什么到火候。一棵树可以打下几百斤桂花，多的时候，可达上千斤，这也是我当天了解到的数据。

从桂花镇回来后，我的思绪一直在缭绕。除了桂花，还有一位叫西子的姑娘。开始遇见，是她正兜售自家的无硫干桂花，谈吐大方，逻辑清楚，不卑不亢，让人心生好感。因为想到日后可能还要购买她的桂花，于是加了微信。从微信里方知，她大学毕业后，在北京、上海闯荡了几年，现在正回乡创业。她的公众号名字即为"西西小农的返乡日记"，文笔清新，编排美观，如同她本人，无处不洋溢着青春的气息。

比起那些用竹竿打桂花、用箩筐挑着桂花的传统桂花人，"西西小农"的加入，让传统桂花产业融入时代元素，带来的是生产方式、销售理念以及桂花品质的提升。我相信，一切会是最好的安排。

夜半云飚月亮风
稀疏鸟信旷山空
香浓串串枝难挂
雨密层层土未融
不让衣衫沾寂寞
只传气色化玲珑
天高借向秋声洗
好泊长诗卸岸东

桂花雨

桂花雨
李云石

夜半云飚月亮风，稀疏鸟信旷山空。

香浓串串枝难挂，雨密层层土未融。

不让衣衫沾寂寞，只传气色化玲珑。

天高借向秋声洗，好泊长诗卸岸东。

金桂奔月折蟾宫
银桂飘香满天空
惟有丹桂不争宠
村上开花火样红

丹桂

丹 桂
郝晓光

金桂奔月折蟾宫，
银桂飘香满天空。
惟有丹桂不争宠，
树上开花火样红。

落花

忽来昨夜骤雨急
飘飘洒洒乱花袭
金桂落地无人葬
留待明日香马蹄

落 花
郝晓光

忽来昨夜骤雨急，
飘飘洒洒乱花袭。
金桂落地无人葬，
留待明日香马蹄。

结束语

诗配照的 36 性

郝晓光

2017 年 2 月，诗配照《一根筋》获得中华诗影书画艺术大赛银奖。

一根筋

一支玫瑰反着插，
无论如何我爱她。
是非颠倒我不怕，
今生今世不变卦。

看起来如同大白话，却从数千个参赛作品中脱颖而出，获得评委青睐。这说明什么？诗配照正被越来越多的人理解，包括一些专业人士。

没错，披着"俗"的外衣，诗配照的基础却很牢固，其立得起来的根本原因，无外乎"36 性"。

青花鲤

一泓净水游青花
超凡脱尘碧无瑕
忘却人间纷乱事
凝视空中池底沙

摄影

　　普及性是诗配照区别于"诗配画"的重要标记,究其原因,能画画的人很少,但用手机照相的人却很多很多。所以诗配照的第一个特性,就是"普及性"。比如《青花鲤》,如果要画这样一幅画太难太难,但要是照相却很容易,在公园的水池边,掏出手机……咔嚓一声,便完成了。

水布垭

百里画廊堆高峡
惜土如金筑菜洼
一江碧水出腾龙
狂野三关镇巴东

　　写实性依然可以用照片和绘画来对比,照片是写实的,绘画是写意的,写意无法写实,而写实则未必不能写意。一张好的照片,如何能做到既写实，又写意呢？很简单！在下面加一首诗就行了。

参与性

参与性的对象指的是作者本人，绘画的作者很少把自己绘入画中，但照片的作者却经常忍不住要把自己摄入照片中，特别是神器自拍杆的发明，自拍，更如同滔滔江水……

不是吗！

互补性

走向虚无
赤橙黄绿扬彩幡
前世今生总为难
手握经轮来旋转
却把红尘已看穿

253

一亿往人的孩堡
——诗配照创作文集

　　诗配照的"魂"不是诗，也不是照，而是"配"。配得好不好的原则，就是看能不能做到"诗照互补"。也就是说，一首不咋地的诗和一张不咋地的照，如果"配"得好，那就会"很咋地"。比如这首《走向虚无》，照片从左至右由清晰慢慢向虚幻渐进，然后照片上有了一首诗：赤橙黄绿扬彩幡，前世今生总为难。手握经轮来旋转，却把红尘已看穿。是不是"配"字起了关键作用。

瞬时性

紫薇噪鹛
白颊噪鹛落紫薇
自比凤凰去纷飞
噪鹛少画随绿去
紫薇风州不可摧
（摄影：唐件）

　　许多好的照片，都是"抓拍"来的，画一幅画需要几个小时甚至数天，但拍一张照片只需要那么一瞬间。因此可以说，诗配照是一种闪电艺术，眨眼间诞生美景，一瞬间凝固永恒。

随时性

春雨
昨夜西风下车轮
今晨春雨上车门
都说春雨贵如油
不知春雨使人愁

今天的人们，走到哪里什么都可以不要，但手机是一定会随身携带的。这样一来，诗配照的创作，就变成了一件"随时随地"都可以发生的事，从而使"触景生情"成为一种真正的可能。从田间地头到厂房车间、从大街小巷到漫山遍野，不论是阳光灿烂还是电闪雷鸣，无时无刻不是诗配照创作的天赐良机……

新闻性

渡琼州
晨沐海风别徐闻
振岸还未见黄昏
但愿学联能知晓
达平已到白沙门

2013年6月2日武汉健儿横渡琼州海峡

新闻离不开照片，这是毫无疑问的，所谓"有图有真相"。现代新闻传播中，图文相辅相成成为主流，而且随着读图时代的到来，文字越来越少、照片越来越多。如果把有韵律的文字直接写在照片上，岂不是一目了然吗？可以说用诗配照来发布新闻，不仅是理所当然，而且是大势所趋。

象形性

开蒂莲
诗作 摄影
你为莲于我为花
同出淤泥洁无瑕
莲子种藕丝不新
莲花清香满天下

如果说甲骨文是"象形字"，那么诗配照就是"象形诗"。所谓"象形诗"，就是可以从画面的图像形状中看出来的诗。照片是什么样子，诗就是什么样子。也就是说，诗配照的创作是从照片开始的，先有照，后有诗。写诗的确不容易，但是对着照片写诗，总要比对着空气写诗要容易很多很多吧……

科学性

星光弧（作者自创）

罗马教廷愚迟
地球自转璺伽茴
望地日行八万里
恒星不动在天空
（摄影：王伟建）

1992年教皇保禄二世就1633年梵蒂冈教廷对伽利略的审判发表道歉声明，伽利略因支持哥白尼的"日心说"而遭到罗马教廷的迫害。

　　用诗配照来表达科学问题，是非常合适的。比如发烧友们热衷拍摄的"星轨图"。看到"星轨"这个名字和照片，会以为拍到的光弧，是恒星的"运行轨道"。然而恒星不是行星，恒星之所以叫恒星，就是因为它是不动的。发烧友们所拍到的光弧，其实是地球自转的效果。

随意性

春意

一支红杏天外插
不见白云映枝芽
有心留恋寒冬暖
春意扑向你我她

摄影

　　诗配照是一项广大群众的文化运动，而不是极少数文人雅士的曲水流觞。诗配照不追求画面的精准和文字的格律，但却追求内心感受的放任和流淌。比如这首《春意》，明明是桃花却写成了杏花。实际上，是桃花是杏花不重要，重要的是，桃花杏花都是表达着春意；重要的是，这并不妨碍作者内心对美的追求和对文学的喜爱。如果从这个角度来剖析，其实没有错。所以说写诗是一种浪漫的体验，不能刻意为之，只能随意为之，否则其诗意将大打折扣……

专题性

挽狂澜
赤手空拳情何堪
单枪匹马赴藏南
桃李遍栽何谈易
撒遍兰羊挽狂澜

左图：选自《考证中安地理》……年第11期127页

金东曲
博沙拉上冰雪融
四水倾泻汇金东
阳光所到妖魔散
麦克马洪退山中

摄影 王润

右图：《中国国家地理》2015年第11期 "金东曲的源头是雪山博沙拉"

将一系列同一内容的诗配照组合在一起，就形成了一个特定的"专题"。比如《万古愁》《印度劫》《孤独彩虹》《金东曲》《挽狂澜》《两路雄》《汇金沙》《察隅河》和《两全难》，这9首诗配照就构成了一组"藏南专题"。从这个"专题"中就可以看出藏南的研究进展、科考经历、沿途风光，以及各个阶段的心路历程。

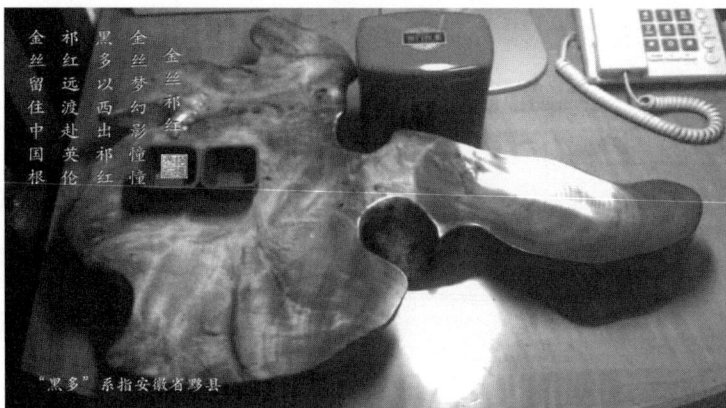

金丝祁红
金丝梦幻影憧憧
黑多以西出祁红
祁红远渡赴英伦
金丝留住中国根

"黑多"系指安徽省黟县

　　诗配照的图文并茂，可以很生动地表现单纯诗词难以表现的"寓意"。比如《金丝祁红》，金丝楠木形象地寓意中国的传统文化，祁门红茶则出口卖到欧洲赚外汇，寓意中国的改革开放，金丝楠和祁门红的双双呈现，寓意我们既要改革开放，又要保留传统。是不是真的很赞！

商业性

2012年清明节游齐溪村林基田口偶赏后方，探访去年如黄秋里

　　诗配照诞生后，其台历已经连续制作了六辑（2011—2017 年，每年一辑），第一辑做了 50 份，当时主动送都没有人要；第二辑做了 100 份，有人表示感兴趣；第三辑做了 150 份，这时候就有人主动索要了；第四辑做了

200份,有人说,还挺不错;第五辑做了300份,有人预订第二年的;第六辑400份,已经呈现供不应求之态,不知道第七辑会怎么样。而这其中,是不是暗藏着商机。

一体性

妹妹诗作 若菲摄影印章

姐姐进宫伴御驾
贾府四美冠天下
白玉为堂金做马
探春
姐姐青灯披袈裟

比如《探春》,照片中女孩身体往前这么一"探",经典诗配照《探春》便诞生了!没有这一"探",《探春》是写不出来的。所以诗照一体的意思就是"诗里有照""照里有诗",二者缺一不可。所谓"诗配照",其实就是一首"离不开照片"的诗,能够脱离照片而存在的诗,如"床前明月光,疑似地上霜"当然不能叫"诗配照"。

文学性

玉龙雪山锁金沙
隔江遥看虎跳峡
远方消失地平线
名著托起香巴拉
虎跳峡

"香巴拉"是藏语的音译,又译为"香格里拉",是美国作家希尔顿1933年在小说《消失的地平线》中提出的

诗配照的文学性，体现在作品与名著的结合，或者说是对名著进行诠释。"香格里拉"一词，是 1933 年美国作家詹姆斯·希尔顿（James Hilton）在小说《消失的地平线》（*Lost Horizon*）中所描绘的一块永恒和平宁静的土地，是个有雪峰峡谷、金碧辉煌且充满神秘色彩的庙宇，被森林环绕着的宁静的湖泊，美丽的大草原及牛羊成群的世外桃源。那么你猜"香格里拉"的藏文是什么？就叫"香巴拉"！

艺术性

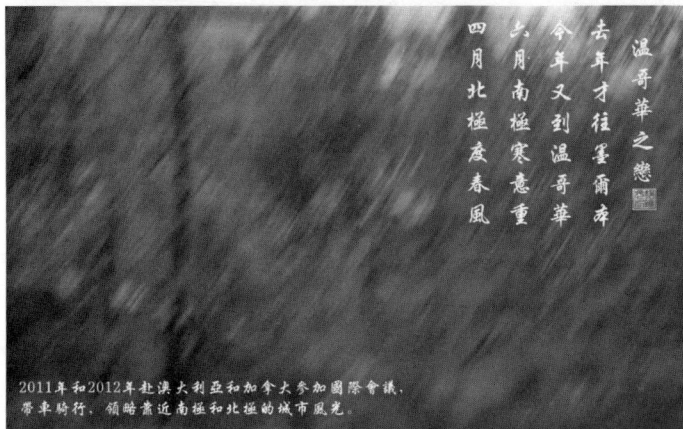

温哥华之恋
去年才往墨尔本
今年又到温哥华
六月南极寒意重
四月北极度春风

2011年和2012年赴澳大利亚和加拿大参加国际会议，带车骑行，领略着近南极和北极的城市风光。

照相是光影艺术，所以诗配照的艺术性也体现在光与影的结合之上。以这首《温哥华之恋》为例，事情是这样的：在一个初春的早上，我与胡小刚博士骑行在温哥华郊外的树林里，突然，他一甩相机（可能是按错了键），一张典型的印象派作品就这样出现了！温柔的画面、浪漫的色彩，令人如醉如痴、心旷神怡！看来，伟大的作品都是在偶然的时刻瞬间诞生的，真是让人防不胜防。诗配照的艺术性在这里也阐述得格外清楚。

哲理性

生活中处处有哲理，而诗配照则能够很好地表现这些哲理。比如《胡杨》表现的是历史的哲理，《天堂鸟》表现的是贫富的哲理，《蜂追蜜》表现的是金钱的哲理，《紫薇噪鹏》表现的是交友的哲理。

天堂鸟
天堂可踏你不走
她说后门你不来
富贵人家你不爱
穷苦海外向归开

娱乐性

2016 年情人节，两只生离死别的大鹅在网络上掀起了全民娱乐的狂潮。两只大鹅的照片在网络上出现不到一分钟，诗配照《最后一吻》横空出世。作品问世后，受到广泛关注和喜爱，一位湖北省的副省长都点了赞。随后，另一首诗配照《一根筋》接踵而来，把娱乐又推向一个高潮。

一根筋
诗作 若菲
摄影 若菲
一支玫瑰反着插
无论如何我爱她
是非颠倒我不怕
今生今世不变卦

我的小学叫"共产主义学校",地处湖北咸宁向阳湖的文化部五七干校。我的语文老师是谁?是郭小川先生!我的图画老师是谁?是范增先生!我的班主任李老师,是志愿军文工团的报幕员,她像慈母一样照顾我们的生活、启迪我们的心灵,给了我们终生难忘的教育。于是这首诗配照一定具备了教育性的。

诗配照这种文化形式,特别适合进行群众性的比赛活动,可以是"一照多诗",也可以是"一诗多照"。比如《张掖丹霞》,去过张掖的朋友肯定拍了很多好照片,要是配上诗,再拿出来比一比,岂不是平添更多的情趣。再看《神农顶》,照片是航拍的,一群朋友都来配诗,上演了"一照九诗"的精彩比赛。至于"一诗多照"那就更值得期待了，比如李白的《静夜思》，是不是可以配很多照片！

纪实性

1997年在南极中山站采用Lacoste-ET重力仪观测发现South of Kermadec Islands 7.1级地震约41小时的"震前扰动"现象。

缚苍龙
重力扰动出中山
十一年后现汶川
却把测地比探空
长缨在手缚苍龙

诗配照不仅是写实的，而且也是纪实的。1997年，我在南极中山站越冬科考期间，观测发现了"震前扰动"现象。汶川大地震后，我和胡小刚博士一起对这个现象进行了深入的研究，发表了一系列论文，推动了这一领域研究的发展。诗配照《缚苍龙》真实反映了南极中山站ET重力仪观测发现"震前扰动"现象的场景，为这一科学现象的发现与研究，留下了永恒的记录。

文献性

2013年在海南莺歌海，李狄43军和40军烈士陵园

临高角

琼州海峡风怒号
作鹏先楚登临高
十万将士齐用命
伯陵防线水中烧

纪实是现场的记录,而文献则是历史的记录。诗配照作为文献,可以起到图文并茂、言简意赅的效果。这首《临高角》,背景是 1950 年 4 月解放军在临高角登陆,解放海南岛的战役,被一首小诗和一张照片的结合表达得淋漓尽致。

故事性

襄江

大河奔腾万里长
浩浩荡荡过襄阳
历史洪流难扼掌
谁有隆中诸葛亮

用诗配照来讲故事,那是再合适不过了,也再方便不过了。比如《襄江》:大河奔腾万里长,浩浩荡荡过襄阳……三国的故事已经讲了近两千年,现在用诗配照的方式继续讲,是不是更生动、更新颖。

必然性

炊烟

沅河岸边起炊烟
苗乡傍晚尚未眠
有心将往蓬莱去
却又疑似到桃源

唐诗宋词是汉语巅峰,无法超越。诗词的语言美固然重要,但诗词的意境美却更重要。今天的人们要想在语言上超过唐诗宋词已经是完全不可能的了，但是我们可以借助照片这个唐宋时代没有的载体，采用诗照结合的方法去接近，甚至超越唐诗宋词的意境美。所以可以毫不夸张地说：诗配照有两个必然，一是手机相机普及的必然，二是唐诗宋词延续的必然。

典故性

独秀

木秀于林风必摧
行高于人众必非
我行我素担天下
独往独来送春归

诗作　摄影　印章

运用典故来创作诗配照，效果不言而喻，比如《独秀》：第一句"木秀于林"出自三国时期魏国李康的《运命论》，第四句"送春归"出自毛泽东主席的《咏梅》，还有题目"独秀"，出自中国共产党早期的一位领导人。一诗三典，是不是对典故性的很好诠释。

景观性

老龙头

南海中国强出手
不沉航母叫日愁
潮退中沙黄岩岛
潮涨西沙老龙头

摄影：张纪昌

毫无疑问,诗配照能表示景观,问题的关键是如何表示景观,就景写景,思路平平,意义不大。诗配照写景观,一定要写出景观背后的东西,写出通过景观能产生联想的东西,能比喻的东西,和社会息息相关的东西。比如下面《老龙头》:南海中国强出手,不沉航母美日愁。潮退中沙黄岩岛,潮涨西沙老龙头。

怀旧性

归故乡
清明梨花白如霜
四月满地油菜黄
转骑百里赴钟祥
千里梦里归故乡

2012年清明节骑车前往钟祥县旧口镇青庙乡,探访当年知青故里。

用诗配照来怀旧,能引发人无限的感伤。过去的人、过去的事、过去的场景,都可以融合在一张小小的照片之中。所谓触景生情,重在一个情字。所以怀旧的诗配照作品,也一定要围绕"情"这个核心因素来展开。

纪念性

端午情思
端午门前挂艾蒿
清香驱邪梦魂消
楚天寥廓情何在
当代谁人读离骚

266

我们用什么来纪念伟大的爱国主义诗人屈原呢？吃粽子，划龙舟，都可以，另外我们还可以创作诗配照。用诗配照来纪念屈原，还能起到吃粽子和划龙舟起不到的作用，因为粽子吃过了就没有了，龙舟划完了就结束了，可是诗配照却可以留存下来，永远观赏、永远诵读、永远纪念。

学术性

学术理论是人类思想的结晶，爱因斯坦的《相对论》、哥白尼的《天体论》、亚当·斯密的《国富论》、马克思的《资本论》、达尔文的《进化论》，等等，普通人是很难理解的。现在好了，诗配照可以对高深的学术理论进行简单的诠释，通过形象的照片和通俗的文字，读者可以了解到学术理论的直观概念，在审美的快乐中增学问、长知识。比如《进化》。

季节性

从照片中可以看出季节，春夏秋冬，尽在方寸之中。每个季节都有属于自己的诗意，春桃、夏荷、秋菊、冬梅，都是诗配照大显身手的题材。比如这组十六字令诗配照(春秋词荷琴)，谁又能说不喜欢呢？

春

春，
日暖天长柳色深，
莺啼处，
遍野牧歌纷。

秋

秋，
遍老荷塘菊馥幽，
霜寒透，
枯叶逝水流。

词

词，
写尽幽思尔笑痴，
平生事，
只慰寸心知。

荷

荷，
玉影凌波袅袅婷，
红出萼，
雨过绿成屏。

琴

琴，
一曲高山复短吟，
情深处，
弦断少知音。

宗教性

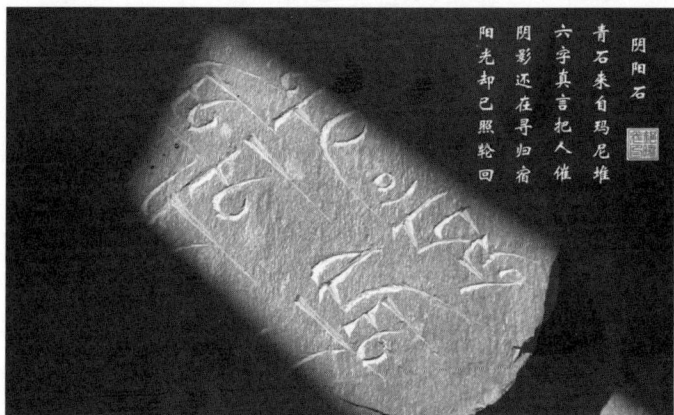

阴阳石
青石来自玛尼堆
六字真言把人催
阴影还在寻归宿
阳光却已照轮回

走向虚无
赤橙黄绿扬彩幡
前世今生总为难
手握经轮来旋转
却把红尘已看穿

269

反映藏传佛教用什么？石刻？经幡？那么如何反映石刻和经幡呢？诗配照发挥了巨大作用！《阴阳石》和《走向虚无》应该算得上是诗配照的佳作，用光影的阴阳来反映石刻，用光影的虚化来反映经幡，而这种对光影的运用，正是你手中相机的专长。

地方性

从照片中可以看出事件所发生的地点，所以经常可以作为破案的证据。诗配照也不例外，比如这首《三骑井》，一口地处广东的南宋古井！一想到南宋，就想到广东，就想到零丁洋，就想到文天祥，还有亡国君宋徽宗。

礼物性

比如谈恋爱送礼物，巧克力太腻！看电影太贵！吃火锅又俗！诗配

照作为礼物来说，真是太妙不过，这首《水菊花》，当然是送给女孩很好的礼物。

成语性

雁南飞

北海牧羊家不回
子卿遥望雁南飞
高风亮节扬千古
麒麟阁里众望归

摄影：王阳

中国有那么多成语，每个成语都可以创作诗配照。一首好的成语诗配照，不仅能够精确地诠释成语，而且能使纯文字的成语形象化，使静止的成语产生画面感、色彩感、流动感。这首《雁南飞》是不是很好的例证。

传播性

秋风秋雨寒意浓
飘飘洒洒落纷纷
地上顽石难入土
枝头黄叶盼归根

一首歌曲如果没有进卡拉 OK，那是很难传播开的。同理，一首诗要想广为传播，就得插上诗配照的"翅膀"。在网络上，传播一段文字的速度和频次,远远赶不上传播一张照片的速度和频次,更何况,诗配照除了诗文和照片,还可以进行配乐和朗诵,这就更增加和扩宽了传播的渠道。

历史性

哲学家在讨论是谁创造历史,而诗配照却只顾展现历史的美、欣赏历史的美,让读者从历史的美感中去吸取前进的动力。比如这首《柴房》,虽然照片是破烂了点,但谁又能否认从这"破烂的历史"中,散发出来的震撼人心的美呢?

后记：
大俗即大雅

　　在鄂南咸宁，有一座村庄叫记山大屋，那里坐落着一个美术馆。小村庄群峦环抱、山清水秀，美术馆的名字叫董继宁美术馆。我想，无须我细数美术馆布局多么别致，更无须描述董继宁先生的画作多么精美，单从环抱美术馆的除了鸟叫就是树叶的沙沙声，我们就可以感受到这一方角落的雅致。

　　雅的东西总是让人神清气爽，让人流连忘返，也曾让一个叫孔丘的人"三月不知肉味"。

　　"我认为，这种诗词艺术，还是雅一点的好！"于是当我约一个朋友写一写诗配照的时候，他直言。我能够理解他。

　　"张口闭口那个啥，眼泪鼻涕一把抓。玉洁冰清日本娃，偏偏爱说东北话。"比如郝晓光老师这首近乎"大白话"式的《瓷娃娃》，是不是很难入我那位文学博士朋友的法眼？

　　在我开始接触诗配照的时候，也曾发出同样的感慨。因为我觉得，我真的更喜欢"落霞与孤鹜齐飞，秋水共长天一色"。

　　问题的关键在于，只有王勃一人可以作出《滕王阁序》，却有一批"郝晓光"能够创作出《瓷娃娃》。或者说《滕王阁序》雅得高不可攀，《瓷娃娃》俗得触手可及。

　　当一种文化俗到更多的人可以接近，是不是走到了它的反面：大雅！如同只有十万人可以弹钢琴，却有一亿人能写诗配照。哪个力量更强大，哪个更雅，一目了然。

所谓大俗即大雅，应该就是这个理。

如果说人生会有许多计划，也会有许多意外，那么 2016 年这场与诗配照的邂逅，一定是计划外的意外。我之所以最终愿意接受这场意外，是因为我终于认识到了大俗即大雅的道理。

我的邮箱常常收到关于诗配照的大作，不同的角度，不同的体会，不同的感悟。我发现，诗配照的精彩远远超出我的认知和想象。赵志荣老师称诗配照是影像文学，华尔丹幻想着寄台相机给李白，符珉说"独乐乐不如众乐乐"，更有陈雷、郑伟、聂海杰、雷云飞、任帅军博士等将诗配照进行理论上的挖掘和探讨，还有唐丹玲教授的生活工作皆入诗，胡成瑶、郑安国分享的妙趣诗配照生活……众人拾柴火焰高，独乐乐不如众乐乐，不是么！

我也一度迷茫于如何下笔，困惑于如何展开和深入，但是我终于坚定地走了下去，是因为背后那个大俗的人：郝晓光老师。虽然我后来知道，他表现出来的大俗，是因为他骨子里雅到了极致。

他封我为"蓝总"，给我讲述了许多道理。然后除了大方向上的把握，他给了我极大的自由度。在他的启发下，我发现关于诗配照的诸多题材皆可成文，大到深邃的理论，小到一个小故事……然后我发现，一个关于诗配照的创作团队已经集体亮相。

"用事件推动事件！"这是郝氏哲学的一部分。因为最开始，郝老师和我，都并没有这样的预测，我们只是先干起来再说。但是终究得到了这样的结果，我想归根到底，还是大俗成就了大雅。

这样一本小书的横空出世，我想其意义不在于书中的诗配照作品多么上档次，也不关乎书中的文章多么优秀，而在于有这么一本书，主题只有诗配照，而且涵盖了诗配照的许多方面，诸多元素。

易中天先生说，最高的境界是"大雅若俗"，而"大雅若俗"需要大智慧和大勇敢。郝老师不遗余力推广诗配照，无疑是大智慧和大勇敢，而我认为，还有一种大情怀。

与一个大情怀的人一起做一件大雅的事情，我感到骄傲。

如 蓝

诗配照 32 首欣赏

灶 房

卧薪尝胆数风流
越创灶房胜具钩
夫差香怜西施泪
勾践姑苏上城楼

伯 劳

伯劳东去燕西飞
赤兔扬鬣头不回
云长美名千古颂
盖德托腕唱神龟

摄影：唐伟

阿里

万山之祖构屋脊
冈仁波齐在此地
百川之源育恒河
吐蕃象雄诞阿里

摄影：车刚

鸿雁

秋茫草原风在哭
鸿雁北归只身孤
马头琴声来倾诉
手捧家书不忍读

摄影：王阳

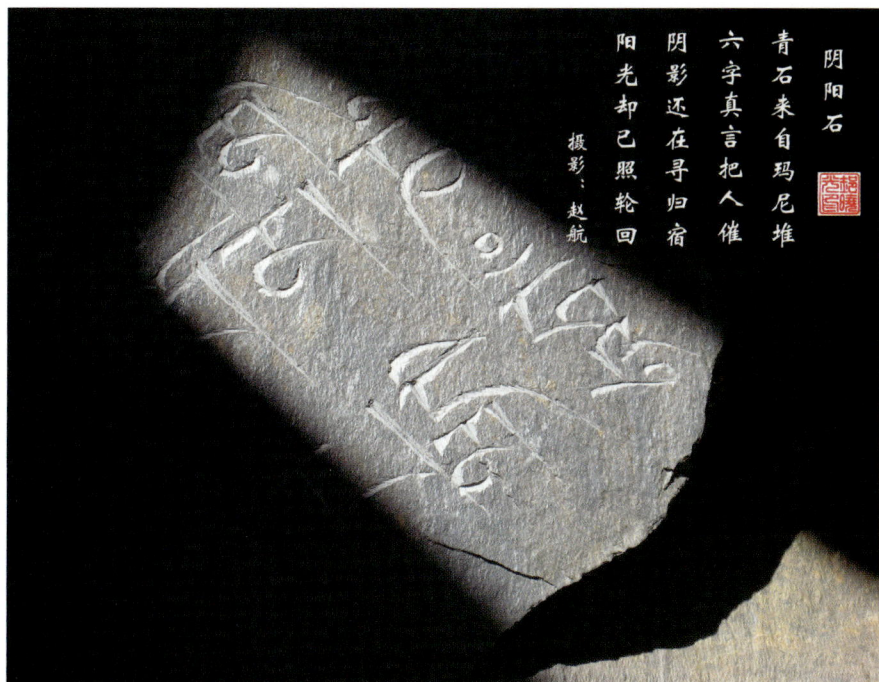

阴阳石

青石来自玛尼堆
六字真言把人催
阴影还在寻归宿
阳光却已照轮回

摄影：赵航

走向虚无

赤橙黄绿扬彩幡
前世今生总为难
手握经轮来旋转
却把红尘已看穿

摄影：赵航

渡琼州

晨沐海风别徐闻
抵岸还未见黄昏
但愿学联能知晓
建平已到白沙门

2013年6月2日武汉健儿横渡琼州海峡

落叶

秋风秋雨寒意浓
飘飘洒洒甚缤纷
地上顽石难入土
枝头黄叶盼归根

摄影

襄江

大河奔腾万里长
浩浩荡荡过襄阳
历史洪流谁执掌
难有隆中诸葛亮

北斗

老夫聊发少年狂
一飞冲天谁能当
新图可揽九霄月
长箭直插北冰洋

诗作

摄影

2006年提出修改我国北斗二代卫星导航系统覆盖范围的
"北扩方案"被国家采纳实施为国防安全做出重大贡献

神农顶

华中屋脊万象升
云纹宝鼎紫气腾
民族崛起持时日
百草神农尝复兴

DF-5B

FK216

大阅兵

跪菌日上里苏密
兵阅大旁门安天
倍安无前"红旗9"
京普有后"东风5"

紫　竹

斑竹一支千滴泪
水竹一节两尺高
楠竹却把春来报
紫竹只为把魂销

万古愁

北斗藏南话春秋
不到黄河誓不休
欲借通麦温泉水
一解心中万古愁

2011年骑行川藏线，到达帕龙藏布江边的通麦温泉。

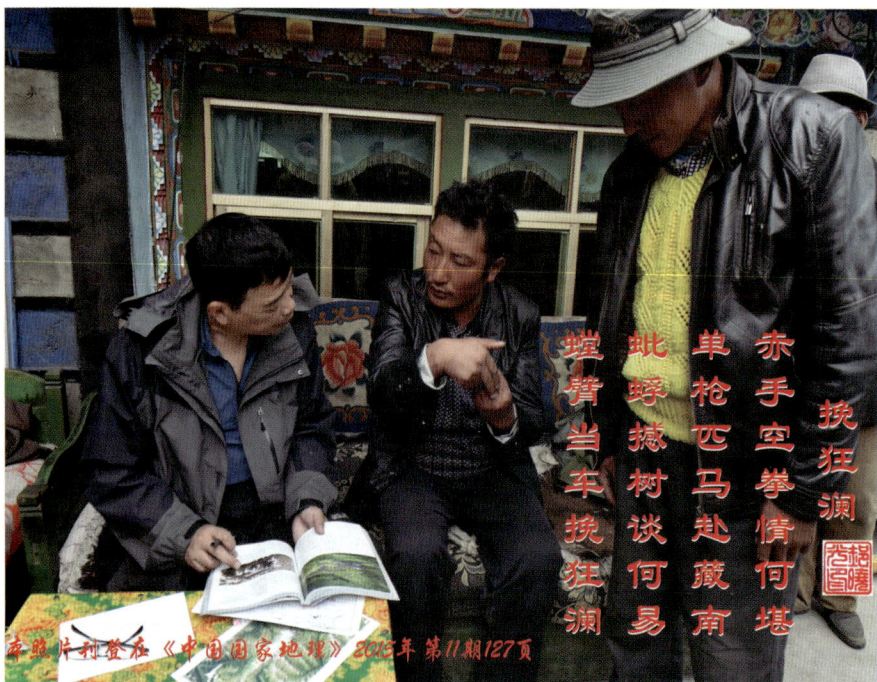

挽狂澜

赤手空拳情何堪
单枪匹马赴藏南
蚍蜉撼树谈何易
螳臂当车挽狂澜

本照片刊登在《中国国家地理》2013年第11期127页

虎跳峡

玉龙雪山锁金沙
隔江遥看虎跳峡
远方消失地平线
名著托起香巴拉

摄影：韩定才

"香巴拉"是藏语的音译，又译为"香格里拉"，是
美国作家希尔顿1933年在小说《消失的地平线》中提出的

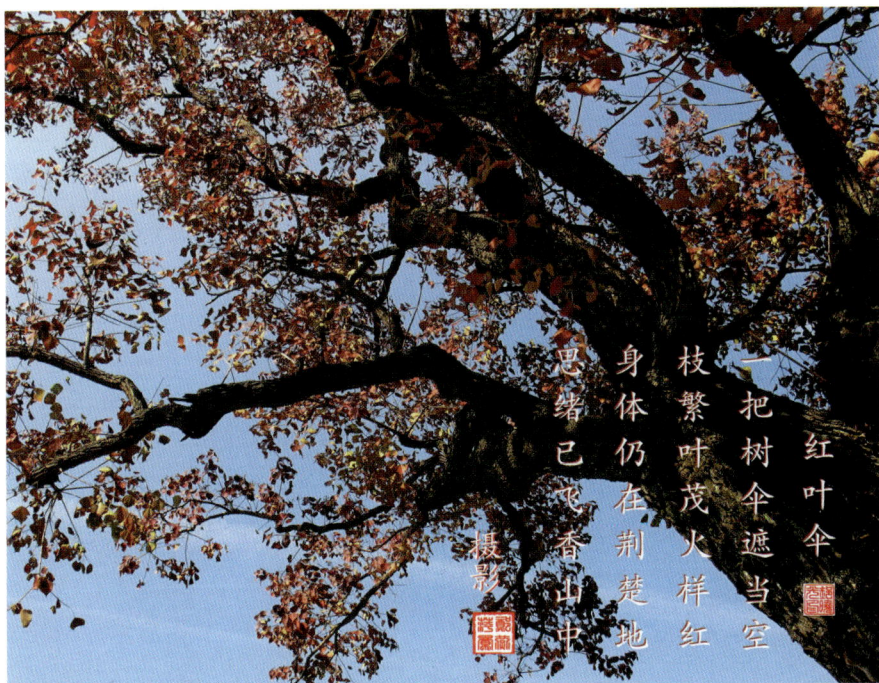

红叶伞

一把树伞遮当空
枝繁叶茂火样红
身体仍在荆楚地
思绪已飞香山中

摄影

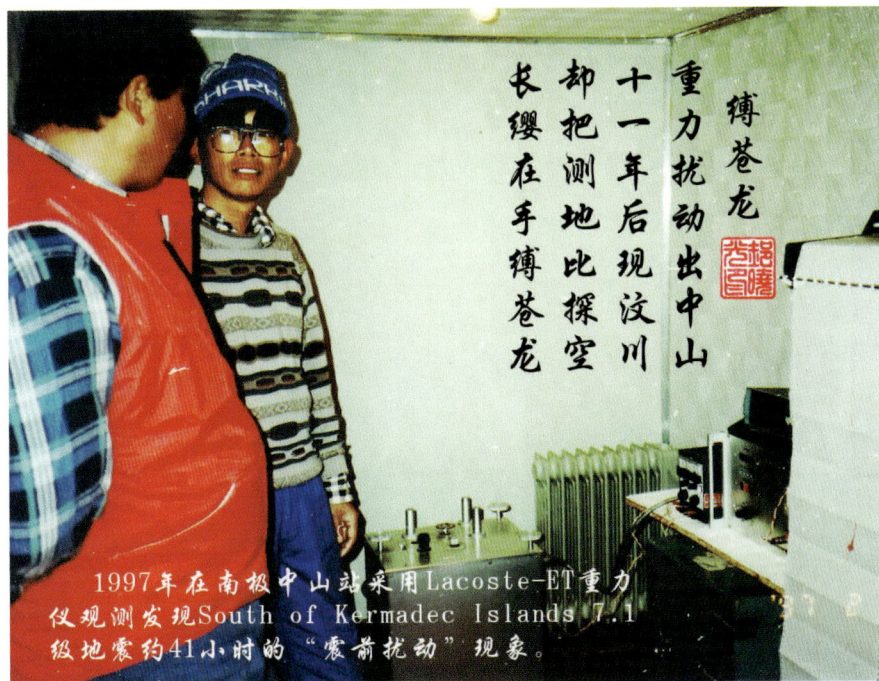

缚苍龙

重力扰动出中山
却把测地比探空
十一年后现汶川
长缨在手缚苍龙

1997年在南极中山站采用Lacoste-ET重力
仪观测发现South of Kermadec Islands 7.1
级地震约41小时的"震前扰动"现象。

炊烟

亚河岸边起炊烟
苗乡傍晚尚未眠
有心将往蓬莱去
却又疑似到桃源

阿斯旺

大河奔腾谁阻挡
巨坝横亘立江上
拦住万顷惊涛浪
历史缓缓在流淌

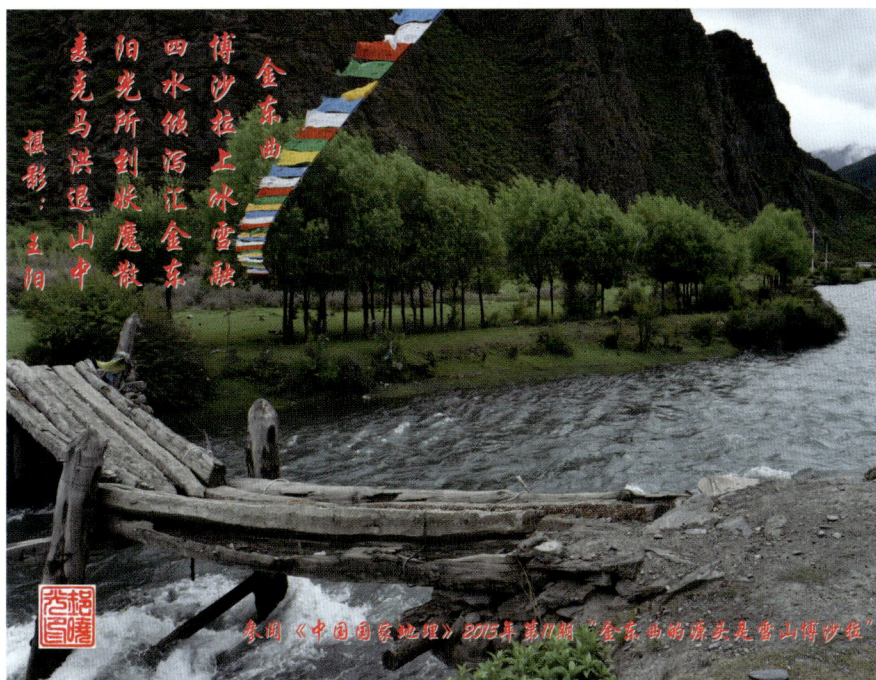

金东曲
博沙拉上冰雪融
四水倾泻汇金东
阳光所剖妖魔散
麦克马洪退山中
摄影：王归

象图《中国国家地理》2015年第11期 "金东曲的源头是雪山博沙拉"

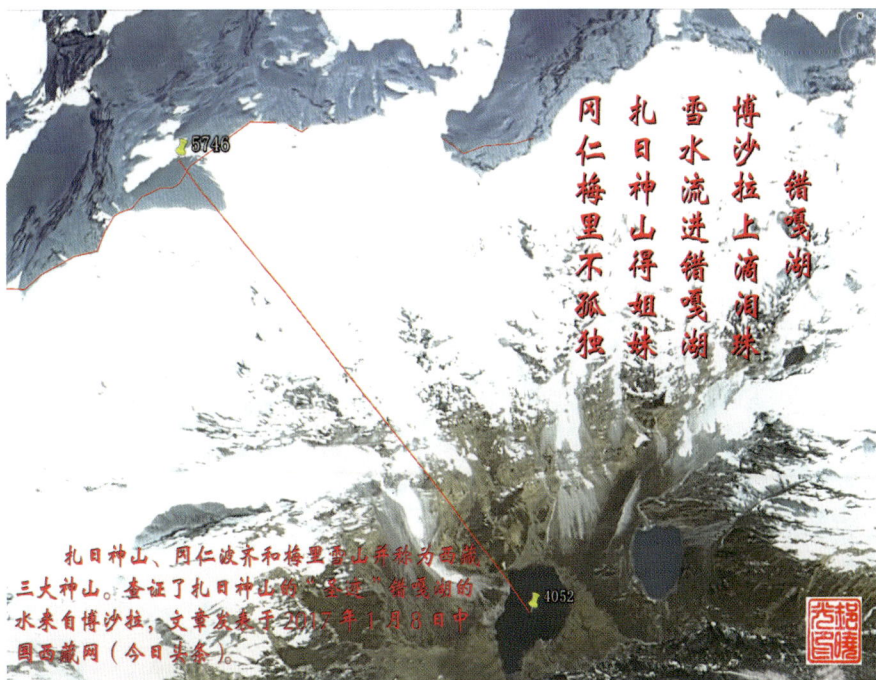

5746

4052

错嘎湖
博沙拉上滴润珠
雪水流进错嘎湖
扎日神山得姐妹
冈仁梅里不孤独

扎日神山、冈仁波齐和梅里雪山并称为西藏三大神山。查证了扎日神山的"圣变"错嘎湖的水来自博沙拉，文章发表于2015年1月6日中国西藏网（今日头条）。

印度劫

错那隆子米林缺
察隅墨脱印度劫
休言朗县在此列
麦克马洪山中天

于西藏自治区南
西藏南部，穿行
从墨脱县巴昔卡
万平方公里。
发源于米拉

2011年在西藏南部考察，2014年发表论文提出朗县不涉及藏南被占领土。

孤独彩虹

去年朗县才回归
今年又访博沙拉
小吉虽然仍孤独
藏南已经现彩虹

2015年6月单车前往藏南朗县金东乡进行实地科考，查证了一座雪山和四条河流的名称。

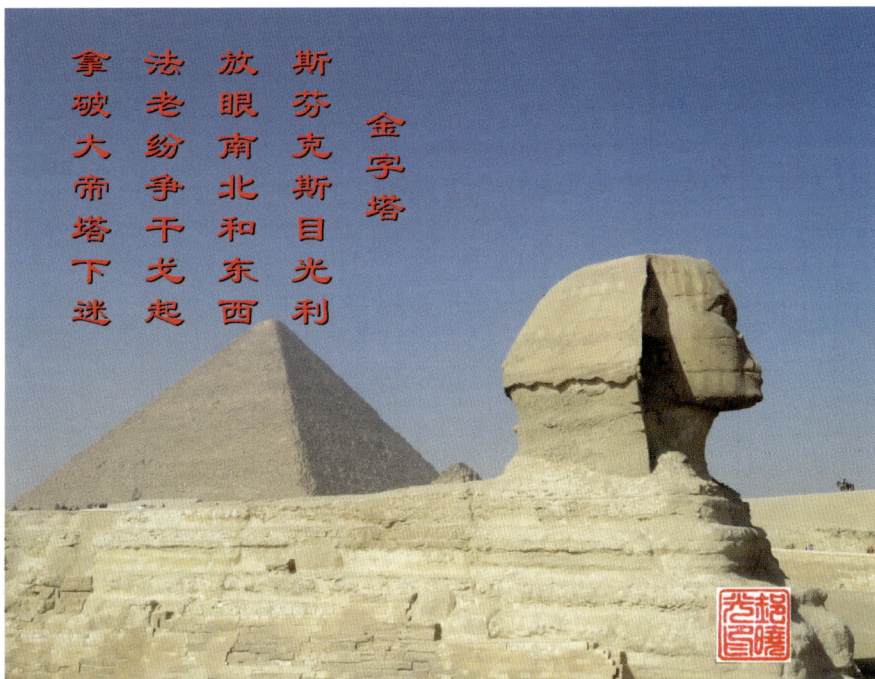

金字塔

斯芬克斯目光利
放眼南北和东西
法老纷争干戈起
拿破大帝塔下迷

察隅河

瓦弄大捷把敌杀
中国军威扬天下
河水滔滔向南流
源自雪山德姆拉

摄影:王阳

青花鲤

一泓净水游青花
超凡脱尘碧无瑕
忘却人间纷乱事
凝视空中池底沙

摄影

向阳月

月圆之夜话向阳
一曲悲歌梦西凉
待到来年团聚日
再闻咸宁桂花香

（摄影：沈宽）

桂花雨

夜半云飘月亮风
稀疏鸟信旷山空
香浓串串枝难挂
雨密层层土未融
不让衣衫沾寂寞
只传气色化玲珑
天高惜向秋声洗
好泊长诗卸岸东

归故乡

清明梨花白如霜
四月满地油菜黄
辗骑百里赴钟祥
魂牵梦里归故乡

2012年清明节骑车前往钟祥县旧口镇青庙乡，探访当年知青故里。

四姑娘

大姐海子慢梳妆
二姐对镜贴花黄
三姐多情把歌唱
幺妹峥嵘露嚣张

帕隆藏布

西天瑶池数然乌
帕隆奔腾汇雅鲁
红旗逆天展巨图
藏水入疆惊王母